エルサレム

ゴンサロ・M・タヴァレス

木下眞穂 訳

河出書房新社

エルサレム　目次

エルサレム

第一章

エルンストとミリア

1

エルンスト・スペングラーは屋根裏の部屋に一人でいた。開けておいた窓から飛び降りようとしたその時、電話が突然鳴り出した。一、二、三、四、五、六、七、八、九、十、十一、十二、十三、十四。エルンストは受話器をとった。

ミリアはモルトケ通り七十七番地の二階に住んでいた。固い椅子に腰を下ろして自分の人生の基盤となる言葉はなんだろうと思いを巡らしていた。痛み。痛み、これこそあたしの人生の核となる言葉。

昔に手術を受け、その後二回目を受け、結局四回の手術を受けた。その結果がこれだ。あの音、身体の芯、骨髄から聞こえる音。病気になるということは、痛みにどれだけ耐えられるかの実験を受けているようなものだ。あるいは何やらの神に近づきたいことをどれだけ表明できるか。ミリアは一人で呟いた。教会は夜には閉まっている。


五月二十九日の朝四時、ミリアは眠れない。腹部の痛みがおさまらない。つねに痛むのは胃だが、それより少し下の腹部全体が激しく痛む。痛みってどこか一点からくるものじゃないの？　たぶん胃の下、子宮からきている。はっきりしているのは、もう朝の四時だというのに、一睡もしていないということだけだ。死ぬかもしれないと怯えながら、目をつぶるなんてできるわけがない。

立ち上がった。ミリアは痩せてはいたが、強いのだ。くだらないことにかまっている暇はない（これはミリアの口癖だ。くだらないことにかまっている暇はない）。意識を集中した。残された命はあとわずか。病気はあたしのところにやってきた。一緒にこの数年をすごしたけれど、残るのは病気で、あたしはいなくなる。上等だ。それなら、残りの日々に残されたありったけの力をかき集めなくちゃ。集めた力を一つにまとめる、ミートロールみたいに。そしていつでも動けるようにしておこう。くだらないことは捨ててしまえ。あたしのこの指は、もっと強くて、ほんとうに大事なものだけに触れる。どうしても、というものは、いちばん大事なものでないといけない。何もかもをひっくり返してしまうほどのもの。がつんと殴られた時に感じるみたいな。無意味な毎日を、そんなふうにがつんとくる日々に変えていこう。ミリアは鏡を見つめた。あたしは生きている、そしてすでに失敗もした。病気になるっていうのは、失敗、しかも救いがたい失敗を犯したってことだとミリアは呟いた。何もかもをひっくり返す病気。

そして、この日のミリアは朝の四時に家を出ることにしたのだった。夜、痛みは違う感じで身体の上に降りてくる。濃縮された化学物質が目ではわからないかすかな傾斜をゆっくりと滑るように。昼と夜とを渡す道は平らではない。ごくわずかに傾いている。

一点ではなく、広い範囲——胃の下から子宮のあたり——からやってくる痛みに集中しながら、ミリアは教会を探して通りに出た。

ホームレスがぎょっとして、知るもんかと言う。教会だって？　まだ夜じゃないか、とその男は言う。襲われるかもしれないぜ。教会どころじゃないよ、警官を探して保護してもらいな。こんな時間にどこに行くっていうんだ？　おれがあんたを襲うかもしれないんだぜ。

ミリアはにこりと笑い、その場を離れた。痛くて会話を続けていられないのだ。

〈警官なんていらない。教会を探しているのよ。この時間だと教会は完全に閉まっているのかしら？〉

足は靴とはかけ離れている。ミリアが履いている靴、男ものの平たい靴は、当然ながらミリアの足の動きに従っている。骨と筋肉には意思があるが、靴を作る素材にはそれがない。靴の素材は服従するよう馴らされている、そこに疑問の余地はない。靴よ、従うのだ。ミリアは、なんとはなしに意地悪く呟いた。世の中の物体は、自らの意思によって前に進むものと、微動だにせず命令を待つものとに最初から分かれているではないか（人間もまた然り）！　靴はまさに従うもの、みじめな奴隷。ああ、むかむかする。靴が人間にこびへつらう姿に。犬ですらこれほどまでにへつらう姿を見せはしない。

そして、相反する場所に生まれついたもの同士に対話の余地があるかというと、それはない。といっても敵同士でもない。敵になってしまっては闘いの可能性が出てきてしまう。力を呼びさまし、武器を手にとった男が立ちあがる。そうではない。互いを隔てるものは敵同士のそれとも違うし、小さな領土をめぐって闘う準備を進める略奪者同士のそれでもない。単純に、一方が完全に受動的で、もう一方には強い力があって、作ったり壊したり、とにかくいつも動いているということだ。あたしたちは待つ側ではない、とミリアはそう言って、教会に向かって奮然と歩いていった。

「教会は閉まっていますよ。今何時だと思っています？　まもなく朝の五時でしょう。こんな時間に外にいちゃいけませんよ。夜のこのあたりは、悪くて危険な一帯なんですから」

ミリアは目の前の善良な男に向かって笑ってやりたくなった。危険だから悪い一帯だって！あたしは病に侵されていて、あと一年、せいぜい二年もしたらこの病気に殺されるっていうのに。あたしの中には死が閉じこもっていて、そこから絶対に出ていきやしないのに。あたしがほしいのは、まさに危険だ。まだ自分を奮い立たせ、余力があることがわかるような危険。ミリアは目の前のこの男、教会内のちまちました仕事に従事しているのに違いない男にもう少しでこう言ってやるところだった。このあたりが危険だっていうなら、悪くはないじゃないの。だってとりあえず何かは起こるってことでしょ。

なぜなら、危険とは、すぐに答えの見つかる問いだからだ。あたしが必要としているのは善い問いなのだ。的確な問い、意味の通る素晴らしい答えを見つけろと強《し》いることが可能な問い。病気は、脅かせば逃げていく狼とは違う。もう何にも驚かなくなった狼だ。あたしの中に居座る狼。

「危険は怖くないの。ただ、教会に入りたいのよ。今すぐ」

「朝の五時ですよ。みんな眠っています。このあたりは危険です。家に帰りなさい。夜が明けたら、みんな、しっかり休んで元気になっているでしょう。その時間になれば、あなたの話も聞いてもらえますよ。今はだれからも助言はもらえません。みんな疲れていますからね」

ミリアはふいに黙りこむと、身体を折り曲げた。いつも胃に感じるのとは違う、強い痛みが脇腹から襲ってきたのだ。いつもより上のほうからきている。

「ごめんなさい、ちょっと痛くて」

「家にお帰りなさい。こんな時間なんだから」

ミリアは気を取り直して、訊ねた。

「まだ開いている教会ってあるかしら？」

2

男は中に入ってしまった。というかミリアがその場を離れた。教会の小さな裏口が閉まった。ぜんぶ閉まっている。裏口まで。牢屋みたいだ。ミリアは一回りしてみることにした。教会を建てるのに男たちが脚立に上る、そういう仕事があった時代もあったのよね。爪先立って、煉瓦を置いていく。ミリアは楽しくなった。背伸びして、数センチずつ煉瓦を上に置いていく。男の仕事にしたら結構なものじゃないの。

その時だ。ミリアはあることに思い至って、思わずほほ笑むと同時に恥ずかしくなった。膀胱がいっぱいなのだ。

今は五時を少し過ぎたところだ。扉はことごとく閉まり、さっきまで話をしていた親切な（というか、教会周辺の物音に敏感な）男が言っていた、教会が閉まっていてすまないねと、あの取るに足らない男が言っていた。

ミリアは世の中がわかっている。朝の五時に見知らぬ人間にすまないね、などと言うのは程度の低い男なのだ。そういう人間は便所掃除でもしていればいい。だがそんなふうに考えたことをミリアはすぐに後悔した。

しかし、ミリアが恥じたのはその考えではなかった。膀胱がいっぱいで、そして、教会の近辺にはだれの姿もない。ミリアがその時考えていたのはこういうことだ。自分の周囲のすべてを下に見る鼻もちならない男の膀胱がいっぱいになったら、その男はどうするだろう。壁際でペニスを出して、放尿するだろう。ミリアがこの瞬間に望むことは、まさにそれだった。教会の壁に向かって放尿する。

自分を拒絶した建物に、犬みたいにマーキングをしたいというのでもないし、ましてや自分がたまたま行きたいと思った時間と受付時間が残念ながら合わなかったことへの恨みから仕返しをしてやろうということでもない。そんなことではまったくない。ミリアはもうすぐ四十歳になろうとしており、他人を挑発するためだけに何か事を起こすことはもうしなくなっていた。それに、病気だった。残る力は大事に使うと決めたのだ。力はすべて自分のためだけに使いたかった。あたしは自分のために行動する。鏡の前につねにいるかのごとくふるまう。自分勝手だろうが、それが力のうまい使い方だと思う。

教会の壁に向かって放尿したいという衝動には露悪趣味的なところは一つもなかった。頭に浮かぶのは垂直のイメージだ。生物学的に言えば人間的とも言える、一人の男が立ったままペニスをつかみ教会の壁に向かって放尿している、そのイメージがしつこくつきまとい、ミリアはどこか妬ましさも覚えていた。今日のこの時まで女に生まれたことを後悔したことはない（「男っぽく」ふるまったこともない）。だが、今は、奇妙だし、そんな必要もなければ思慮にも欠けると感じながらも、男でないことに嫌気がさしていた。いちばん最初から何かをまちがってしまったような感覚。

　夜のこんな時間に教会の壁に向かっておしっこすると決心なぞしたら馬鹿げたことになるとわかっている。どんな体勢でそれをすればいい？　尻はどちら側に向けるのか、壁に尻を押し付けて、しゃがんでおしっこするの？　どちらにせよ、身体をやや折り曲げねばならず、その「やや」に腹が立つのだ。人間たるもの、折り曲げるなら地面に身体を投げ出さんばかりにまで折り曲げるべきだ。必要とあれば、臆病者のそしりを恥じてはならない。そうでなければ、一つの迷いもなく身体はしゃきっと伸ばしたままでいるべきだ。だが、ミリアにはそのどちらもできない。どちらの体勢を選んだところで、ズボンをぬらしてしまうのはまちがいない。ということで、ミリアが次にとった行動は、教会の壁からじりじりと離れることだった。屈辱的な気持ちだった、あたかもこう表明しているかのような。〈私にはできません〉

　次に、また一つのイメージが浮かんできた。もし教会の壁におしっこしている姿をだれかに見られたら、あの人、頭がおかしいんだな、と思われるだろう。ミリアには、たいしたものでもないのに、怖いものがいくつかある。たとえば、ほかにもそういう人は大勢いるが、ねずみが怖い。目の前をあの小さな灰色の生きものが横切るだけで、意味もなく恐慌をきたしてしまう。それと同じくミリアが恐れていたのは暴力だった。他人と直《じか》にぶつかりあう暴力、これに対する恐怖は大きかった。そのため、幼いころから自衛の気持ちが強かった。〈骨を折られちゃうかも〉、とよく思っていた。それで、暴力は避けて通ってきたのだ。この人は絶対に優しくしてくれるという確信を持てる人にしか近寄らない。〈優しい手で触れてくれる〉人にしか。男でも女でも激しい喧嘩や、物と物とのぶつかりあいが大好きという輩《やから》がいるが、そういう連中がミリアには理解できなかった。

　もう一つ、ミリアがひどく恐れているのは、だれかにじろじろと見られてこう言われることだ。「頭がおかしいんだな」と。

　おかしな人、などと呼ばれるのはもうごめんだ。「頭がおかしいんだな」と口走った人は、当然ながらすぐに自分の過ちに気づくだろう。ミリアはおかしくなんてない、やっていることはだれでもが普通にやっていることだと。けれども、おかしな人だとだれかに一瞬でも思われるかも、もしくはそんなことが起きるかもしれないと考えるだけでミリアには耐えがたい恐怖となる。おかしな人だなんて二度と呼ばせるものか。ミリアはそう呟いた。

3

ミリアはその場を離れた。教会の壁におしっこをする、ただそれだけのためにぶざまな恰好をしてなるものか。教会から数十メートル離れた小さな庭園に入ると、木の幹によりかかって尻の場所を決め、用を足した。

周囲に人の姿はないが、胃の痛みはつきまとってきた。紙がなかったので、身体を屈めて草をひきちぎり、紙の代わりにした。草を捨て、下着もズボンも元どおりに身につけた。

教会は、変わらずそこに鎮座していた。もう三時間も経てば一日が始まるのだが、明るさはミリアにとっては明らかな脅威、物理的な脅威だ。開いている教会は見つからなかった、夜だったからだ、しかし朝からこんなところにいる醜態をさらすわけにはいかない。何かを探していたのに見つからずじまいだったことがばれてしまう。自分が弱っていることが露呈する瞬間ほど嫌なものはない。ましてや、教会の裏口を開けたあの程度の低い男に、今しがた恥ずかしい思いをさせられたところだ。〈閉まっているものを探している〉、そんな姿を見せてしまったのに。強い姿しか見せたくないという動物的本能をミリアは取り戻しつつあった。この本能についてミリアは熟知している。隅から隅まで知っていると言ったっていい。病気になってからというもの、だれかと会うことは極力避けてきたからだ。痛みが強い時には絶対にだれにも会わないようにしている。そんな姿をさらすのは人間性を失うに等しい、そんなことはずっと前から知っていた。残る人生はあと数か月、もしかしたらあと数週間かもしれないけれど、人間性を失うつもりはない。プライドを持ちなさい。自分自身によく言って聞かせたものだ。プライドを失ってはだめよ。

一方で、ミリアは胃に何かを感じはじめ、戸惑っていた。これは〈あたしの〉痛みじゃない、これは違う。だけど同じくらい強い。もしかしたらもっと強いかも。

ばかね！　ミリアは思わず噴き出しそうになった。あたし、お腹が空いているんだ。もう何時間も食べていないもの。あたしは一人でここまで来た。だけど、胃も一緒についてきたんだわ。あたしには連れがいるということね。

原因がわかっておかしくはなったが、ほっとするのと同時にいわく言いがたい恐怖も覚えた。何かを食べたいと要求するその胃の痛みは、今はもう一つの痛みより強い。ミリアにつねにつきまとう病の痛み、大小の恐怖がこぞって逃げ出す、あれをすぐにでも連れてくるだろう痛み。そんな痛みよりも、パンを食べたいという痛みのほうが強いなんてことがあるものか、とミリアは自問した。医者たちだって太鼓判を押したではないか、今は鳴りを潜めている、あの痛みのせいであたしは死ぬのだと。

教会の横で、ミリアははっきりと悟った。今は二つの痛みが競っているのだと。一つは自分を殺そうとしている痛み、悪い痛みと呼ぼう。そしてもう一つは、善い痛み。食欲の痛み、食べたいという欲求の痛み、生きているという証拠の痛み、存在の痛み。まだ夜も明けやらぬこの時、まるで胃が人間性を顕示しているかのよう、そしてまた、不可解な謎と自分との漠とした関係性をも表しているかのようだ。生きている、そのことによる痛みのほうが、客観的にも肉体的にも、自分を死に至らしめる痛みよりも強い。死の痛みが、今は二の次となっている。あたかも、今この時は、不死身になるより、一切れのパンを食べることのほうが重要だと言わんばかりに。

ミリアは周囲を見渡した。こんな時間に何かを食べさせてくれるところがあるかしら？　明かりも、人の姿もなかった。

4

ミリアはもう一度教会をぐるりと回った。教会の近辺に明かりが灯っているところはない。世界は死んでいるのか、さもなければまだ生まれていないのだろう。

からっぽの膀胱は、思いのほか心地よかった。痛みを一つ、クリアしたってことね。この夜、ミリアは何かのゲームにぽんと放り込まれた気分だった。そのゲームでは、ミリアの前に――正確には、ミリアの体内に――クリアすべき問題が次々に出される。その問題というのは、身体に感じる痛みだけで、要するに自分の身体に関わる具体的なものである。すでに一つ、難題をクリアした。木のそばで中身を空け、膀胱を鎮めた。痛みを一つクリア。おしっこは出ていった。おしっこが溜まりすぎると痛みが増える。

だが、それでもまだクリアすべき痛みが残っていた。そのうちの少なくとも一つは、クリアするのは不可能だ。それでも、一つ大事なキーワードがある。実にたくさんの医者が、そのキーワードをミリアの目の前で使ったのだ。「手立てはありません。〈奇跡〉だけが頼りです」

初めはショックだった。ミリアは自分の問題を医者たちにちゃんと伝えたのだ。痛みがあります。具合が悪いです。さあ、問題はこれです。内臓に関する問題です。それなのに医者たちは、肩をすくめて職業的と言えなくもない哀しみを漂わせながら返答はくれたものの、何もしてくれず、何の提案もなかった。「治癒は望めません。あなたの病気は治療が不可能です」。ミリアは医者たちに問題を出したのに、医者たちはそれをそっくりそのまま戻してきた。「パス」だ。で、なんであたしが死ななきゃならないの？

ミリアは今、教会の裏にいる。ポケットに手を突っ込み、何かをひっぱり出すと粉がぱらぱらと落ちてきた。チョークだ。石盤に書きつける、白いチョーク。ポケットに入れたまま忘れていた。午前中、部屋で石盤に家の絵を描いていたのだった。もしも死ななかったらどんな家に住もうかと想像しながら描いた。あと数か月生きるということは、ミリアにとっては不死身になるも同然なのだ。もしもこのまま死ななかったら、あたしは不死身になる。二年間は。

ということで、今、ミリアはチョークを手にしている。何か描きたくなった。思いつくまま、粗っぽく。

チョークを右手に握りしめ、ミリアは教会の裏に近づいた。夜、教会の壁は黄ばんで見えたが、実際のところはわからない。夜は、闇で消し損ねた色を薄汚くしてしまう。だけど、具合のよいことに、あたしのチョークは白い、真っ白い。そう考えて、ミリアはほほ笑んだ。

そしてさっと、何も考えないまま、目で読めぬほど小さな文字をチョークで壁に書いた。

〈空腹〉、と。

5

ミリアは残りの壁を見渡して考えた。午前五時、ここ、教会の裏の壁に、ほかには何を書こう。

今この時この壁にぴったりの文章はないかと、むかし読んだ本を思い出そうとした。

すると、胃にまた激痛が走った。第二の痛みだ。手がぱたりと落ち、同時にチョークも落ちた。ミリアはゆっくりと違う通りの方向に歩きだした。お腹が空いてたまらない。痛みは耐えがたいほどになってきた。

だんだんと歩く速度を速めながら、ミリアは愉快と言ってもいいような気分になってきた。

あたし、お腹が空いてたまらないの。ということは、もう死なないんだ！　こんなにお腹が空いているのに死ぬなんてありえないもの！

　実際に、奇妙ながら、ミリアは守られているような気がしていた。空腹のこの痛みは一つの保障だ。不死の保障、さしあたりの。こっちがこんなに痛いんだから、もう一つの痛みでいきなり死ぬなんてあるはずがない。そんなふうに守られている気分を味わうことによって、空腹も紛らわせようとしていた。何かを食べてこの痛みが去ったら、あっちの痛みがきっと戻ってくるだろう。そして、その痛みでは死ぬこともありえるのだ。


　あの奥に明かりが見える。もしかしたら、もうカフェが開いているのかも。その右隣には公衆電話があった。ミリアは立ち止まり、ボックスに向かった。胃の痛みはおさまらない。今すぐに何かを食べないと、死んじゃう。ミリアはそう呟くと、一人で笑った。硬貨を取り出し、電話に入れ、番号を押すと呼び出し音が聞こえてきた。だれも出ない。四、五、六、七、八、九、十、十一、十二、十三、十四。だれかが出た。エルンスト。ミリアは呼びかけた。あたし、教会のそばにいるの。あんたなの？

　そしてミリアは失神した。

第二章

テオドール

1

テオドールは、今、雑誌の中央のページを開いたところだ。女が一人、鼻血を出しながら全裸でベッドに横たわり、両脚をだらしなく広げてヴァギナを堂々と見せている。次の写真では、鼻血をだらだらと流している同じ女の顔が写っている。三枚目の写真では、今度は女が服を着て、カメラに向かって大口を開けている。奥には黒くなった歯が何本か見える。

テオドールは二ページ前に戻った。女がベッドに横たわってヴァギナを見せつけている写真を見つめる。乱れた陰毛が、恐ろしげな染みのように見える。〈危険な染み、か〉。テオドールは曖昧な笑みを浮かべた。

　テオドールは立ち上がり窓辺に行った。夜を途切れさせるのは等間隔で光を落とす街灯の明かりだけだ。大量の光、それは一つには犯罪抑止に、また一つには恐怖緩和に有効だという実験があり、この光は科学的な帰結でもあるのだとテオドールは知っていた。

　この夜、彼は興奮しており、同時に感傷的でもあった。感情の奇妙なカクテルだな、と思いついて薄く笑った。

　この時、窓はテオドールの抱える矛盾の媒体となっていた。窓の外からは強い力がテオドールを引っ張り出そうとし、階段を下り、今すぐに相手を見つけに行くのだと命令していた。〈陰毛をさがせ、テオドール、毛的賠償だ〉と彼は邪悪な笑みを浮かべて呟いた。〈おれの最悪な日々を埋め合わせる義務が、この世界にはある〉

　一方で、あの女がこれでもかと性器を見せつけている写真を見たあとで、テオドールはある種のノスタルジーを感じずにはいられなかった。少しの間、窓に映るのは街を覆う夜ではなく、彼の顔だけとなった。テオドール・ブスベック、医者、今は落ち目の学者、ミリア・ブスベックの前夫。

2

埋葬人の仕事は、自らが辿る運命と並行している。遠目からだと彼らが何をしているのか判然としなかった。悪事を犯している最中なのか、それとも単純に時間外労働を行なっているのか。だとすれば午前三時じゃ時間外もいいところだ、とテオドールは考えた。墓場でこんなに熱心に仕事をする人間もいるのかと意外に思いながら近寄ってみた。

「何をやっているんですか？　死人を食べるんですか？」

揃いの作業着を着た男が二人いた。ということは、二人は犯罪者ではなく仕事中だということだ。シャベルを手に、手袋をして。二人ともテオドールのほうに顔を向けた。

「私は医者でね。テオドール・ブスベックだ」

男の一人が手を挙げ、挨拶を返して名を名乗ったのだが、音がくぐもっていてなんと言ったのか聞こえなかった。もう一人も自分の名を告げた。

「クルフでさあ。ここで働いてるんで」

「見ればわかるよ」テオドールは答えた。「男が二人でシャベルを持ってるとくれば、働いてるんだろうよ」

「夜の死人の面倒をみてるんでさあ、先生」クルフと名乗った男はにやっと笑った。

「それは斬新だな」

「先生さんよ」。クルフの声音が変わった。「悪いが、ここにいちゃいけないよ」

テオドール・ブスベックは口をつぐんだ。クルフと名乗った男を見つめ、それから無関心なふりをしながらこちらを凝視しているもう一人の男を見た。二人は片時もシャベルを離していないが、何をしているのかテオドールにはわからなかった。

「わたしが必要なことがあれば……」と、テオドールはその場を離れながら声をかけた。「言ってくれ。医者だから」

「死にそうになったらな」。クルフと名乗った男がぶっきらぼうに答えた。

テオドール・ブスベックはそこから離れていった。


膝の関節が痛む。〈夜の気温で骨が膨張しているのだ〉とテオドールは医療的見解と迷信とを一緒くたにして考えた。二百メートルほど歩き、墓場の入口からだいぶ離れたところまで来ると右脚を曲げ、次に左脚も曲げた。両膝の関節は変わらず痛かった。

もう一度同じ体操をした。片脚の屈伸、それからもう片方の脚も。それから街の中心部に向かった。

〈薄気味の悪い埋葬人たちと二言三言を交わしたところで〉とテオドールは考えた。〈売春宿

〈行くとするか。ノスタルジーは墓場で治療した。続いて診るのはペニスだ〉。胸の内で呟いていたのが、最後の一言だけははっきりと声に出した。だれかに伝えるかのように、あるいは、まだわずかに残る羞恥心を追いやるには声に出すことが必要だとでもいうように。

第三章

ハンナ、テオドール、ミリア

1

さっきからハンナは自分のまぶたを注意深く観察していた。鏡の位置が高すぎるので、爪先立ちをしないと覗き見ることができない。唇を見るのは一苦労だ。だが、今は、まぶたの色を紫色に塗っているところだ。

ハンナの指はあの小さな道具を器用に使いこなした。何世紀にもわたり伝えられた美をつくりだす道具とでも言おうか。紫色のアイペンシルを手にするハンナは、難しい手術のクライマックスを迎えた外科医のように集中している。緊張みなぎる右手は狙いを定め、逃さない。とはいえ、微細に入れられた美しい色はただ「きれい」になるためのものではない。ハンナは褒めてもらいたくてこの紫を入れたのではない。相手を燃え上がらせるためだ。だれかに鑑賞してもらうための美しさなどいらない。効果をもたらす美しさがほしいのだ。効果的な美しさをもって女は行動に移る。何か劇的なことを起こす。ハンナがまぶたを紫色に染めているのは、愛されるためではない。そこで男が孤独の羽根をしばし休めるためだ。ハンナはまぶたの紫色に大きな信頼を寄せている。紫のまぶたに意味深な視線を組み合わせれば、超ミニのスカートよりも、大きく開いた襟ぐりよりも、彼女が必要とする男たちを今夜も惑わせることができると信じていた。それに、ハンナにはこの〈意味深な視線〉という言葉がぴったりだった。ハンナはいっぷう変わった娼婦で、そのまなざしは底なしの堕落と明晰な知性を同時に宿して男たちを惹きつけた。実験者の目つき、外部から実験で生じるものをじっと見つめているような、科学者の目つきをしているのだ。自分自身の肉体を眺める時ですら、他人を見るような目つきになる。男に金を払ってもらった時、モーテルの主から部屋の鍵を渡された時、ハンナは自分を外から見ていた。部屋では、ロマンチックとも言える形をしたベッドが、室内で起こる無数の性行為についてはプロとして黙秘しつつ鎮座していた。それにしてもそういう部屋は臭かった。

　ハンナはようやくかかとを下ろし、鏡を覗きこむのをやめた。化粧道具をしまい、いつもの小さな黒いバッグを手にする。ゲオルグ・レンツ通りの一階のその部屋にはほかに六人の女たちがいた。

「出かけてくるからね」ハンナは声をかけた。「今は朝の三時。六時までに帰ってこなかったら殺されたんだと思って」そう言うと豪快に笑いながらドアを勢いよく閉めた。

2

街灯の下を歩きながら、テオドール・ブスベックは元妻のミリアのことが頭から離れなかった。知り合ったのはミリアが十八歳の時で、あることがきっかけで二人はあっというまに結ばれたのだった。彼女よりもだいぶ年上のテオドールは当時すでに医者になっており、ミリアは両親に連れられて診察にやってきたのだ。

「娘は健康でないんです」これが、ミリアにまつわることで最初に耳にした言葉だった。彼の、ただ一人の妻となるミリアについて。

3

「健康じゃない？　だれにそう言われました？」

「健康であった時がありません。本人によれば、小さいころから幻影が見えると言うんです」

「幻影ですか」

「娘には見えるのです。見えると言うのです」

「だれも他人に何が見えるかは知りえません」とテオドールは呟いた。「見えると言われれば、こちらはそれを信じるしかありません」

「……魂が見えるとも」

「すばらしい！」。当時は新米の医師であったテオドールはすかさず感嘆の声をあげた。「それはぜいたくだとも言えますね。今のところ、わたしたちのような医者には腎臓だの何だのといったものを見る道具しかないんですよ。それに比べて娘さんは魂が見えると言うなら、これほどよいことはない。千里眼ってやつか！」

笑っていたのはテオドールだけだった。

「娘さんを呼んでください」と、ようやく言った。「どんな具合なのか診てみましょう」

ミリアが入ってきた。十八歳で、他人の胸をざわつかせる、暴力的とも言えるほどの美貌だった。とたんに、テオドールは机の上の書類をそわそわと、落ち着かない指でいじりはじめた。

「座ってください」。テオドールは声をかけた。「わたしはテオドール・ブスベックといいます。ここはわたしの診療所です。ご両親にはもう出ていっていただきます。医者は患者と二人きりにならねばならないので」

第四章

テオドール、ハンナ、ミリア

1

　しばらく息を止めると、テオドールは両手に温かい息を勢いよく吹きかけた。通りに人影はなく、テオドールがいるのは街の中心部から数ブロックのところながら、すでに人間の〈魂〉が匂い立つ兆しがあった。何かが動く気配。遠くで、不動の静寂を切る音がぽつぽつとする。どこかで、人間たちがすでに楽しみはじめているのだ。

　来世紀は誠実さが重用される時代となるはずだ。さもなければ、われわれはこれまで勝ち得てきたものすべてを失うことになる、とテオドールは考えていた。このまま空疎な快楽や、娼婦や、品のない冗談にわれわれの創造力を浪費しつづけたならば、もっと慎重で誠実なほかの生物が現れて、あっというまに人類が創造してきた諸々を乗っ取ってしまうだろう。軽々しい冗談を求める傾向が一つの街を崩壊させかねない。テオドールは皮肉交じりにそう考えていた。愉悦や快楽に背を向けた生物は、人類よりも生物学的に優勢に違いない。テオドールはわが身を振り返らずにはいられない。三、四年前には、重用され、世間の尊敬を集めていた医者が、今この時は、午前三時過ぎに家を出て、興奮しきった状態で街の中心を目指して歩き、今しがた目にした、鼻血を出した女がベッドに横たわって陰毛に囲まれたヴァギナを見せつけている写真で頭をいっぱいにさせている。テオドール・ブスベックは前進していた。確固たる足取りで、まったく無用なもの、完全に時間の浪費となるもの、だがしかし興奮の一時、まさに純粋なる興奮と快楽の一時をめざして向かっているのだ。結果として手に入るのは無意味なもの。非人間的な時間、非建設的な時間。もしわれわれがこれだけの存在だけでしかないのなら、ペニスを堅くさせて今すぐ女を見つけたいと願っている、現在の自分のような存在でしかないのなら、われわれはとっくに自分たちが飼っている犬の飼い犬になりさがっていたことだろう。

　自分たちが飼っている犬の飼い犬。テオドールがもう一度そう呟いたとたんに、決然とした足取りで近づいてくる一人の娼婦の姿が遠くに見えてきた。そしていかにも奇妙なことに、その足の運びのリズムは、彼とまったく同じだった。ミニスカートに大きく開いた胸元。ハンナだった。

2

十八歳にしてミリアはすでに男を辱める法を心得ていた。誘惑と拒絶との間にある空間を自在に操ることに長《た》けていた。それを縮めたり広げたりしながら、そんなものはどこにも存在しないという顔をしたかと思うと、次の瞬間にはわざとらしくそれを強調する。餌食となるのは近づいてきた者だけだ。ミリアはそんなことを本能でやってのける。ミリアは、最初に引きつけておいてあとから追い出すという陰険な手腕を、両親が診察室から出ていった瞬間からこちらに踏み込んでこようとしている医者を相手に発揮してやろうと、虎視《こし》眈眈《たんたん》と身構えていた。この医者はミリアが一方で恐れ、一方で望んでいたこと——つまり、問診を行なおうとしているのだ。

「あたし、統合失調症なの」と、テオドール・ブスベック医師に口を開く隙も与えずミリアは言いはなった。「本で読んだの。自分のことはよくわかってる。あたしは統合失調症。頭がおかしいの。人には見えないものが見えるし、あたしは危険なのよ。それでも治したい？」

3

「やあ」。テオドールが声をかけた。

娼婦は歩調をゆるめた。

「今はだめなの」、彼女はそう言った。「一時間後に街の中心部に行くわ。あたしはハンナ。待つ甲斐はあるわよ。クルリク・プルヒ通りにいるから、そこに来てちょうだい。待ってるわ」

そう言うと、ハンナは足早に去っていった。テオドールは立ち止まってその姿を見送っていた。

あの女のすべてが気に入った。目つきも、高飛車な物言いも、名前も、自分を待つと言ったことも、一時間後に二人が会うことになった通りも、何もかもだ。だが、特に気に入ったのは出会いが一瞬だったことと、彼女の身体と言葉がもたらした効果だった。ほんの数秒でテオドールはすっかり彼女の虜となり、次に彼女に会うための情報もすべてもらった。あれぞ真の外科医、と呟いた。それでは一時間後に、クルリク・プルヒ通りで。

4

「あたし、統合失調症なの」。ミリアは未来の夫、テオドール・ブスベックに会った最初の日、そう繰り返した。「とうごう・しっちょうしょう」

「きみは医者じゃない」と、テオドールはミリアに向かって言った。

「母があたしはおかしいと言うのよ。一緒に暮らしている人間よりもあたしのことがあなたにはわかるって言うの？」

「検査をしてみなくては」

「いいわよ。質問をどうぞ」

「質問だけじゃないよ。医療的な検査も」

「質問だけ」

「質問は医療的な検査じゃない。そんなことはだれだってできる」

「いい質問を考えればいいじゃないの」

「たとえばどんな？」

「たとえば、男を知っていますか、とか」

「で、男を知っているの？」

「いいえ」

「なるほど。これでいい質問を一つしたね。きみが訊いてくれと言った質問だ。これからはぼくからの質問をしてもいいかい？」

「だめ」

「フルネームは？」

「ミリア。それ以外の名前はいらない。ミリアだけでじゅうぶん」

「ミリア。きれいな名前だ」

「医者はみんな名前を聞いたあとで、きれいな名前だ、って言うのよ」

「ほんとうにきれいな名前だという証拠じゃないか」

「うそをついている証拠でしょ」

「ミリアはきれいな名前だ。そしてきみはきれいな女の子だ」

「くそったれ」

「もう一つ質問するよ」

「すれば」

「ご両親は？」

「はあ？」

「ご両親は……好きかい？」

「母はあたしをおかしいって言うし、そのとおりだと思うわ。一度、母の顔にコップを投げつけたことがある。まだ痕《あと》が残ってるわよ。気づいた？」

「いいや」

「でも、残ってるのよ。うそじゃない。母を呼ぼうか？」

「いいや。さっきの質問に答えてくれるかい」

「くそったれ！」

「ご両親から、きみは魂が見えると聞いたよ」

「ほんとうよ」

「魂ってどういうものなんだい？」

「陰毛が生えてる」

「ぼくをからかってるね」

「そのとおり」

「神を信じる？」

「六歳になる前に覚えたことは全部信じてる。六歳で、おとぎ話なんかより聖書の話のほうをずっとよく知ってた」

「ということは、神を信じるんだね」

「六歳になる前に覚えたことは全部信じてる。そのあと教えこまれたことは全部うそっぱちよ」
「きみが気に入ったよ、ミリア。また話せるといいな」
「くそったれ！」

5

テオドール・ブスベックは図書館で強制収容所について調べていた。どのように機能したか。さまざまな国と時代に、どこにあったのか。開いたままのページから、彼の隣に腰をかけたミリアの目におぞましい写真が飛び込んできた。ミリアは何も言わず、そっと口笛を吹いた。彼女の右手の人差指は木製の机の傷をさすっていた。完璧な傷、とミリアは思った。

物の材質は、日々、ミリアが気を配っているものだ。物質は信頼できた。木、さまざまな種類の石や布、スポンジ。

これまでに、ミリアが物質について理解していたことは――わずか十八歳で、みんなからおかしいと言われながら、世紀の大発見というわけにはいかないだろうが、これは知っていたのだ――物質にはそれぞれのスピードがある、ということだ。動きが俊敏なものもあれば緩慢なものもある。その速さの違いによって物質に違いが生まれるのだ。

卵は、どの卵であれ、ミリアを不安にさせた。卵は瞬時に変化する。不安定な物質でできていて、違うものになるために存在する。どんな卵にも、何かしら愛他的で、具体的な物質が入っている。そんなものはこの世のほかのどこにもありはしない。消滅するために現れる。ほかのものを出現させるために現れる。物質的な愛他的精神は、倫理的な愛他的精神であるはずで、ほかはありえないのだ。その精神は寛大ではない。実体がないものは、寛大ではない。存在もしないものが、何を失うというのだ？

テオドール・ブスベックは隣にミリアがいるのを好ましく感じていた。ミリアは機嫌が悪いと植物のようになった。直感で選んだ場所に寄りかかっているように見えるが、一方で、実は熟慮の末にぴったりの場所を選んだようにも見える。ミリアはテオドールから離れた。とはいえ、部屋の反対側に行ったわけではない。ミリアにとって、離れるということは、直接触れる場所、体温を感じられる場所にはいないということだ。隣の椅子に座っていればそれでじゅうぶん離れているのだ。

ミリアにはこうした連想が以前からある。以前、土から掘ったばかりのじゃがいもが思いがけず温かくて驚いたことがある。〈哺乳類の温もりだ〉、と思わず口をついて出た。つまり、その哺乳類の温もり、子どもや自分の家を、武器を手にして守ることができる動物の温もり、それがテオドールからも感じられたのだ。

それで、ミリアは軽い不機嫌をよそおいながらも、好奇心に負けて目の前の恐ろしい写真をもう一度見た。

「強制収容所だよ」とテオドールは言った。「知ってる？」

　ミリアはほほ笑んだ。

　ミリアはこれまでに二つのことを教育されてきた。見るということ、そして聞くということ。自分では、というか、病気のせいで、触れることを学んだ。〈人をそんなふうに触ってはいけません〉。これまで何度も言われてきた。そのたびにびっくりしたものだ。そんなふうに触らないって？　もう絶対に触らないようにしよう。

　ミリアはテオドールの温もりにもたれかかった。そんなことは、自分の母にしかやったことがない。ミリアが孤独の中で、たった一人で学んできたことは、物体に、何も言わない物に、触れることだった。ミリアの触れ方は卑猥だった。人間の手と机の、たとえば机の傷との触れ合いをそんなふうに呼んでもよいのならば。

「物をそんなふうに触ってはいけません」と、母には言われたものだ。

「なら、どんなふうに触るの？」

「そんなに力をこめないで、ぎゅっと握らないの。べたっとくっつかないように」

　母ははっきりとは言わなかったが、他人にはよく言われたのだ、ミリアの物の握り方は、興奮しているみたいに見える、男を握るようだと。家族間の慎みから、こういう持って回った言い方になるのだった。

「物をそんなふうに触ってはいけません」

6

テオドール・ブスベックは、ある階段に痩せ細った死体が山のように積み上げられている写真がたくさん載っている資料のページを次々にめくっていた。死体の山は、子どもも、大人も、裸のも、女性も、男性も、十把《じっぱ》一絡《ひとから》げにされていて、ポルノ的だとか卑猥だとかというものとは別次元のものとなっていた。積み上げられた死体には、第二の卑猥さがあるかのように。第一の卑猥さ、つまり生きものと活発なエネルギーとの間にある卑猥さとは対極にある第二の卑猥さには、興奮のかけらもなければ、身体を欲望のまなざしで見つめられる可能性も一切なく、あるのは、収まらぬ動揺、物質的な動揺、中庸の動揺であり、見る者の目に映るのは骨ばかりに痩せた、男でも女でも子どもでもないほかのもの、ほかの物質、ほかの物体である。もはや死人ですらない。かつては、だれもが持つ、友愛や敵対のエネルギーに満ちた日々を送った人間だった、生きていたのだとは、とうてい考えられない、単なる死体である。自分たちと同じ種族でもない、ほかの種族だった物だ。あまりの恐怖に苦しんだがゆえに、たとえば図書館でこうして座っている医者に代表されるような、一般の人間とはかけ離れた種族になってしまった物なのだ。それにしても、おかしな状況ではないか。人間の身体を助け、小さな病が蔓延しないよう、大きな病が人の骨髄に入りこみ、肉体に終止符を打つことのないように気を配ることを生業《なりわい》とするこの男、この医者、テオドール・ブスベックは、生物工学的にも健康的にも推奨される姿勢で座り、驚きで茶色の瞳を見開きながら、すでに救済不可能な、いかなる処置も機器も救済できない、そして何より、救済したいという感情が彼には湧かない肉体の写真を見つめていた。テオドールには救済する技術も器具もなく、その意思も使命感もなかった。無表情にページをめくっては凄惨な写真を次々に目にしているうちに、力は消え失せ、驚きも恐怖も薄れていった。

「この写真だけで千以上の死体があるな」。テオドールは低く、むしろ自分に向かって呟いた。

キャプションにそう書いてあるのだ。そのパノラマ写真は全景を正確にとらえていた、とはいえ、写真はつねに正確にとらえるものではあるのだが。わりと広い場所だ、面積は正確にはどれくらいだろう、四十平米以上あるな、それとも以下か？　キャプションにはっきりと書いてある数字は、数学的でも科学的でもなく肉眼で数えたものだったのだが、感情に訴えるには、一層の効果があった。千体がこの写真に収まっている。千人が強制収容所に入ることなく命を終えた。餓死したのだ。千人以上の遺体が収まっている写真をテオドールがひたと見つめるかたわらで、ミリアは、うら若いミリアは、〈あたしは統合失調症なのよ、それでも治したい？〉と最初の診察でそう言った少女は、そこで、彼のすぐ隣で、近すぎもせず遠すぎもしない場所で、退屈も興奮もなく、ここにいるこのミリアという少女は、テオドールが目を離すことができずにいる身の毛のよだつ写真には一つの関心も示していなかった。ミリアは天井を見ていた。

7

最初の出会い――あるいは診察――で、テオドールが医者の務めとして質問をし、ミリアが患者として答えつつ彼を侮辱した日から二年も経たぬうちに、ミリアの両親とテオドール・ブスベックの友人と家族を驚かせながら、二人は結婚した。

ミリアが問題を起こすだろうことは目に見えていた。

「統合失調症の女と結婚するって？　そいつはいいや！」とは、ミリア本人がテオドールに放った一言である。

テオドールは、間違っているのはミリアのほうだとその後も説得しつづけていた。

「忘れないで、医者はぼくだよ。その人が健康か病気かを決めるのはぼくだ。極端なことを言えば、ぼくが――医者として――その人が死んでいるかどうかを決めるんだ。教授陣や教科書から何年もかけて学んだのはぼくだ。病人の頭と健康な人間の頭との違いがわかるのはぼくだ。きみが健康的な女性か、そうでないかと言えるのはぼくなんだ」

「つまり」ミリアは答えた。「あたしと知り合うずっと前から何年も、あたしの存在すら知らなかったころから、あたしの、ミリアの頭の中を調べていたってこと？　あなたの教科書のなんページにあたしのことが載ってた？　どの本のどのページに『ミリアの病状』、それとも『ミリアの健康状態』っていう題があるの？　あたしたちの頭の中をだれかがそんなにわかってくれているとは嬉しいこと！　この頭が医学的にどうなっているかわからないし、ましてや極限状態に陥った時、こいつが何をやらかすのか、あたしには見当もつかないんだから。だんなさま、あなたの研究も、教科書も、先生も、道具も、技術も、診断と処置についての本を読むのに費やした年月も、何もかもに敬意を払います。だけど、だれかの頭を理解するのには医者だってだけでは足りない。聖人か預言者にでもならなきゃ。隠れているものも、これから起こることも見える人でないと。あたしの夫は医者であって、預言者でも聖人でもない。医者なの」

8

「ぼくは、ある研究をしているんだ。データや情報を集め、いろいろな情報源から得た数字を比較する」

　ミリアは、もう一度、なんのために恐ろしい写真の本ばかりを見ているのかを聞いたところだ。

「一日中死体の写真ばかりを眺めていたら、あきらめることに慣れるんじゃないかしら。あなたは医者だもの」

「まさか！」と、テオドールは答えた。

「じゃあ、なんのため？」。ミリアはさらに知りたがった。

「理解するためだよ」と、テオドールは答えた。「ぼくはまだ理解していないんだ」


「ぼくは研究成果をそのうちグラフ化したいと思っている。ただ一つのグラフで、恐怖と時の関係性を表すんだ。何世紀もかけて、恐怖は縮小しているのか、増大しているのかがわかる。あるいは一定なのか。いいかい、もしも恐怖が歴史的にだいたい常在している、たとえば五百年ごとに同じような数値で起こるということが発見できたら、そしてそこに規則性を見つけられれば、それは非常に重大な発見になる。これまでに起きたことのグラフが作りたいんだ。おおかた信憑性のある史実が残る時代からはじめて、いろいろな強制収容所や流刑場で起こったことのみにして、戦争は除外する。戦争はぼくの意図からは外れるからね——軍隊同士の闘いは、大小の差はあれど、どちらにも力が、相手に相当の死者を生みだす可能性のある力がある。ぼくが研究したいのはそんなことではない。それでは闘いが主題になり、恐怖ではなくなる。ぼくが研究したいのは、片方には相手側に死者を生じさせる可能性——もしくは意思——が一つとしてない状況のことだ。そして強者の側にはなんら正当な理由もなく、あるいは少なくとも大きな正当性がない恐怖という状態で、弱者の側を破壊しつくした、そんな状態だ。

時系列に並べた恐怖のグラフがあれば、いっそう重要なことについて考察できるようになるだろう。つまり、公式だよ。数学的で客観的な、人間的とすら言えるかもしれない公式だ。動物的でなく、感傷や気分に左右もされない、純粋に数学的、純粋に質量を表す明朗な、そう、明朗な公式だ。ぼくがずっと集めてきた資料の研究の直接の成果だ。しかし、恐怖の結果をただ集めて式にしたいわけじゃない、過去に恐怖がしてきたことを集計するのではない。ぼくは、そこからさらにもう一つの公式にたどり着きたいのだ。未来を予測できる、ただ傍観したり嘆いたりするだけでなく、行動を起こすきっかけとなる公式だ。最終的にぼくがたどり着きたいのは、悪の要因を表す式なんだ、その巨大な悪は、恐怖ゆえに引き起こされたわけではない。正当な理由がなく、非人間的と言える悪。きっとそんな公式が見つかるだろうとぼくは信じている。ぼくは医者だ、科学を学び、地に足のついた人間だと思っている。突飛な考えは好かない。ぼくが信奉するのは考察、研究、比較、細かな計算、数列だ。時間をかけ、順序をふみ、秩序があり、進歩があるものに敬意を払う。どこかに埋蔵された秘宝などとは無縁だ。今はこの手にないのに、明日になったら突然手に入る、そんな類《たぐい》の話はごめんだ。発明でも発見でもない。ぼくがやっているのは研究であり、推論であり、長い歳月を要するものだ。あるいは人生すべてをかけることになるかもしれない。いや、ひょっとしたら人生すべてを費やしてもまだ終わらず、ほかのだれかに仕事を継いでもらって、ぼくが中断したところから計算を続けてもらわなければならないかもしれない。正確無比な研究とはそういうものだろう。焦らず、とにかく、一つ一つ進める。飛躍は考えられない。ずっと続く長い一つの文章のようなもので、散文詩であってはならないんだ。ミリア、これは絵を描くのとはわけが違う、もっと大事で、もっと深くて、これから何世紀も続くかもしれない努力についての話なんだよ。まあ、絵を描くようなものとも言えるかもしれない、うん、だがその絵には毎日、毎日、何かが描き加えられる、だれか一人が描きつづけ、その後も次の世代が引き継いで、つねに色合いや光や影の具合に手を加え、完成に向かう。絵だ、うん、絵画だ、つまり歴史画だ。人間は、自分の家や、両親や、妻などに属するものではない、まず歴史、祖国の歴史、世界の歴史に属するものだということを、その絵は気づかせる。そしてその歴史には副題がつく。「恐怖史」だ。

ミリア、いいかい、ここはわかっておいてほしい。恐怖なしで、どうやってある種の行動がなされたのだろう?

ぼくは焦らず、騒がず、無用な感傷もなく、結論を導き出すつもりだ。理性をもって熟考し、論理的で筋道立ったものを。想像や、衝動、思いつきの産物では、決してない。ぼくは医者だ。手段もあるし、思考法を学んできた。さっき言ったように、計画がある。まずはあらゆる資料を可能な限り集めて、数世紀にわたる恐怖の流布についてグラフ化する。どんな結果が待っているか見当もつかないが、きっとそれは反復する波線になるだろうと予測している。心電図のように。そう、正常な人間の心臓が打つ鼓動のような、そんな形のグラフになると思う。人類の歴史が脈を打つような、要するに人類のもう一つの鼓動だな。どちらの図でも、高くなったり低くなったりするんだが、その動きは予見され、常態的に反復する。恐怖史とは、実のところ歴史の実体なんだ。どんな歴史にもそれぞれの常態というものがある。常態のないものは存在しない。われわれが心電図を見て、その人が健康か病気かを測ることができるように、ぼくは自分の研究結果のグラフを見て、一人の人間、つまり個人ではなく、人間の集合体が健康か否かを見てとれるようになる。人間のもっとも重要かつ優れた点と卑しい点を集計して見るんだよ。このグラフを使えば、最終的には、みんなが知りたがっていることがわかるようになる。要するに、今、歴史は病んでいるかどうか。歴史が進むのは善い方向か、悪い方向か、臨床症状に進歩はあるのか。こう言ってもいいかもしれない。歴史の臨床症状は好転するのか、それとも反対に病気は悪化し、伝染し、衰弱が進むのか。もしや歴史はいよいよ臨終の時を迎えようとしているのか、われわれは次の歴史へと再出発するぎりぎりの線に立っているのではないか。人類は歴史の第二の心電図を描きはじめる時が来ているのか。

　父親から受け継いでいたちょっとした遺産を浪費して残りがわずかになってしまうように、この歴史は次の歴史にはたいしたものは残さない。それは確かだ。一方で、ぼくには、恐ろしいことが一つある。歴史の健康状態が日に日に、もしくは世紀が新しくなるごとに悪化していると判明するよりも恐ろしいことだ。時間を経るにつれて恐怖の度合いが高まっているという結論が出ることよりも恐ろしいことだ。客観的な観点から恐怖が徐々に減少していれば、やがては紀元六千年くらいには完全に消える、恐怖が歴史から消失する、そういうことが予測できる、もし、それがわれわれの大きな希望だとしたら、大きな恐怖とは、この歴史に終止符が打たれること——人間が死ぬと心電図の線がフラットになるように——ではなく、いちばん恐ろしいのは、グラフがある一定性を見せることだ、恐るべき一定性だ、時間の中で恐怖が常態的にある、恐怖が通常のものとなり、あらゆる希望に終止符が打たれるということだ。キリスト生誕後の最初の三世紀で見られる明白なグラフのカーブはそののちの三世紀ごとに繰り返される。このカーブの反復性こそ、この惰性の反復性にこそぼくは恐怖を覚える。恐怖が縮小していると言うのなら、百世代あとのわれわれの子孫は今より幸福になるだろうという徴《しるし》だし、増大していると言うのなら、いつかこの歴史は終焉を迎えるということになる、なぜなら恐怖は何も残さないからだ、そして、その後、そう、もっと優れた、もっと高い倫理を持つ新しい歴史の誕生を見るだろう。どちらかになると仮定できれば、われわれは楽観的になれる。だが、もし恐怖が常態化するのだとすれば、その時、希望は失われる。一切の希望が。すべてはこのまま続いていくことになる。

第五章　エルンスト、ミリア

1

エルンストは屋根裏部屋の窓を閉めた。急いでドアを開けて階段を駆け下りた。電話の声はミリアだった。そして、その声がぷつりと途絶えた。何かが起きたのだ。

すぐに外に出た。今は朝の四時、もうすぐ五時くらいだろう、闇はまだ深かった。エルンストは走り出した。

走りながら、ミリア、と叫んでいた。

エルンストの動きはバランスが悪く、その走り方といったらまったく奇妙で、ほんとうは走れないのではないかと見える。エルンストが立派な成人男性でなければ、四十がらみの大人でなければ、ただ〈走るのが苦手なんだな〉と言われるだろう。右脚を前に出すと左脚よりだいぶ横にそれて、全身が傾きバランスが崩れるので、本能的に上体が前に出る、するとあまりにも大げさに前のめりになるので今にも派手に転びそうに見える。だが、エルンストの肉体は、いつもこうして体重をあちこちに傾けてバランスを取っているので、転ぶかと思いきや持ちこたえる。そしてまた右脚が前に出て不必要なほど身体が傾く。とにかく、エルンストは走っていた。不恰好な走り方も、夜だとたいして目立たない。

通りは無人も同然で、歩道に鳴り響く足音に寄り添うように街灯がまたたいていた。走るうちに、家からいちばん近い教会が突き当たりにある通り、街の中央からは数ブロック外れた通りに入った。

さらに数メートル走ると、電話ボックスのそばに人が倒れているのが見えてきた。駆け寄ろうとして、興奮のあまりに危うく転びそうになった。焦りで右脚の動きがいっそう妙になる。だが、それでも倒れている人のそばまでたどり着くとその身体にすがった。ミリアの身体だった。

第六章　テオドール、ミリア

1

テオドールとミリア・ブスベックの共同生活はすぐに困難をきたした。十歳という年齢の差が問題だったのではない。あえて言うなら〈健康の相違〉が問題だったのだ。テオドールは医者であり、この上なく健康（頑丈でエネルギーに満ち溢れた男性）だったために、身近な人間にも健康でいることを求めた。職業的にも、というのはこれこそが彼の使命であるから――医者は患者が健やかになるよう求める、薬や手術などの手段を使って、無理にでも健康にする――もしくは、言うならば〈実存的〉にも。テオドールは、自分の隣の人にも、周囲にも、自分に寄りかかるものすべてに健康を願い、そうであるよう要求した。

　彼はとにかく活動的だった。日中は国営の診療所で働き、夕方になると中央図書館に出向いて、「恐怖史」、つまり人間そのものを俯瞰する研究に役立つ資料を集めた。テオドールは、健康という概念をより広義に理解しようとしていた。人類の、人間の集合体の精神衛生状態とはどういうものか、組織的な集団としての一つの街の精神状態とは何か、そして暴力抑制に有効なものは何か。歴史の精神衛生状態を解明する――それこそがテオドールの研究の最終目的なのだ。

　こうして、彼はエネルギーを二つの仕事に注ぎこんだ。一つは即物的な仕事、つまり病院での仕事だった。目の前にいる人を救う、あるいは、その人の余命、つまり寿命をできる限り永らえさせる。もう一つの仕事とは、自分もしくは他人が生きている間には影響はないし、結果も見えない研究だ。遂行するには一日どころか一世紀もかかり、だからこそ彼の基本的要求の一つは満たされていた。つまり彼は、自分は次世代のために有用なことをしていると実感していたのだ。医者として、彼は自分と同時代を生きる人たち、自分という存在が実際に出会う人たちを救うことができる。だが、ユートピア的な彼の研究は「歴史」という装置の機能を認識するものであり、テオドールは自分の研究によって世界を救済したいと願っていた。それはきっと、死や深い苦痛から人々を救うだろう、これまでに発明された機械は人々に癒しをもたらしたが、それだけではない、テオドールは、自分が今後決して会うことのない人々をも救いたいという熱い思いを抱いていたのである。まるで医者ではなく聖人にでもなりたがっているかのように。一度、ミリアに言われたように。あなたって、自分の妻、ミリアの頭がわかる聖人なのね、それだけでなく人間全体の頭もわかる、人類の脳みそがわかる頭の良い聖人ね、歴史の理屈がわかる、少なくとも、歴史がどういう筋立てで思考しているのかをグラフで表せるのですもの。歴史の思考の筋道をテオドールが実際に解明できたら、脳みそを持つ生きものに対するように歴史に対峙し、資料や研究からこの数百年に起きた何もかもを解き明かすグラフや計算を作り上げることができたら、これまで何百万という人間が——著名な人も無名の人も、暴力主義者も平和主義者も——やろうとしていたことを彼が成しとげることとなるのだ。歴史を掌握する。その時こそ、正気を失った人たちを診てきた医師としての経験を土台に、テオドールはどこにでもいる平凡な人間から偉大な人物へと生まれ変わる。正気を失った人間の考え方の習性を理解するには、その思考法を正常とみなすことだ。するとその行動様式を予測することができるようになり、結果として相手をコントロールできるようになるのだ。これは、長年精神病について学びながら習得したことだ。これまでの数百年を振り返り、テオドールはそれとまったく同じことをしようとしている。歴史の思考法を理解し、コントロールできるようにするために、その〈正常性〉を数式化するのだ。

　だが、テオドールは、心待ちにするこの瞬間をいくらか恐れてもいた。数百万の人間を、子どもも老人も男も女も根絶やしにしようとした収容所の基盤となる思想を理解し——しかもそれを正常だとみなし――そのあと彼自身はどうなってしまうのだろう？　これまで幾度となく称賛された類まれな才能、つまり正気ではない人々を理解することに長《た》けているという自らの才能を恐れたのだ。〈見ず知らずの他人の頭の中に入りこむ〉能力がある、と同僚たちには言われたりした。普通でない人間に同調することで、受け入れがたい何かが生まれるかもしれない。歴史の病んだ部分を理解するようになり、恐怖という生きものの頭の内部に入り、それと対話をすることができるようになったら、その次にはどうしたらいいのだろう？

2

自らの頭脳と、その頭脳が引き起こす行動に恐れを抱いてはいたものの、テオドールはあらゆる点において、肉体も、精神も、魂も、いたって健康だった。この三点をテオドールは人生、とりわけ健康的な人生を送る上での基盤であり、不可欠なものとみなしていた。精神病院での彼の同僚の大半が、健康とは〈意図するとおりに筋肉が動き、健全なものを好む〉ことであると決めてかかっているのに比べたら、テオドールはずいぶんと柔軟ではあった。正常な欲望と筋肉を持つ人間には、さらに〈精神の正常性〉がなければならないとテオドールは考えていた。どういうことか？　以下がテオドール・ブスベックの持論である。正常な人間、いわゆる健康的な人間は、子どもと同じく、自分にはないものを見つけようとしている人間だ。そして、

「ない」という感覚は「盗《と》られた」という感覚ともっぱら混同しやすいものである。だれか、あるいは何かが自分の一部を持ち去った——一部とは、いわば、精神的な一部である——すると、正常な人間、健康的な人間は盗人と盗まれたものを探しに出るのだが、この時、本人は何を盗まれたのかも、その形も中身も知らないのである。精神的に盗まれたものを探し当てるということが、テオドールにとっては、何よりも重要な目標なのだ。健康的な人間は神を求める、とテオドールは断言していた。テオドールは同僚たちとの個人的な会話でだけでなく、講演でも神について語った。そのため、講演を聴いている科学者たちの間には、困惑というより憤慨とでも言うべき空気が漂ったものだ。医学的な場で神について語るのは異端だとでも言うように。それでもテオドールは持論を曲げず、それを〈本能〉とすら呼んだ。自分の専門分野とそれを関連づけることも怠らず、これは科学的本能なのだと挑戦的に述べた。そして、誇るべき〈科学的本能〉を次のようにまとめた。神を求めぬ人間は異常である……そして、異常な人間には治療が必要だ、と。

3

だが、先にも述べたとおり、テオドールとミリアの共同生活の最初の数年は簡単なものではなかった。

テオドールによる正常な人間の三大条件に基づけば、ミリアは肉体の面でも魂の面でも健康だった。人間として可能な範囲内で自らの意思に完璧に従う肉体を持ち、そしてその健康な肉体は神を求めていて、物質的な世界では見つからないとわかっているものへの欠乏感もあったからである。ミリアが正常でない部分とは——自分は統合失調症なのだと言ってテオドールを侮辱する言葉を吐いた最初の会話から、彼が恋に落ちた最初の瞬間から、彼にはわかっていたことなのだが——、頭の中に、その意思にあった。彼女は〈頭が病気の人〉だったのだ。本人に聞こえるよう、意地悪く大声で近所の子どもたちが呼ばわったように。

ミリアをリードするのは難しいだろうと、テオドール・ブスベックも当然覚悟はしていた。彼には彼女の頭がわかっていたし、それはある意味で、すでに常態化もしていた。つまり、彼女の反応や暴力的な癇癪《かんしゃく》や、投げつけてくる侮蔑の言葉も、たいていは望まない結果を生むことになる、その非論理的なふるまいも、テオドールにはあらかた予測がつくようになった。問題は、要するに、男と女が世間で言うそれぞれの〈個性〉をもって共同生活を営むところにあった。ミリアには、テオドールやほかのあらゆる人間と同じく、彼女にしかない個性があり、彼はそれを理解して彼女に適応することができた。ミリアが自身になじむがごとく彼も彼女になじんだ。なぜなら、テオドールは、ほかの人間に要求する健康三大条件のあらゆる面を満たしながらも、やはり一人の人間でしかなかったからだ。彼自身もまた、孤独で、他人と距離を置き、それゆえだれかに理解してほしいと願う一人の人間だったからだ。テオドールの医学的技術と本能とも呼ぶべきもののおかげで、夫婦関係は平等で対等だった。だからこそ、テオドールは自分を守るためでもなければ、〈相手の奇異な点に我慢ができない〉などという理由でもなく、ミリアが本人にとってきわめて危険になってきたという理由で、暴力的な騒動をさんざん起こしたあげく、共同生活をはじめて八年目の十二月三十一日に、街でいちばん評判のよいゲオルグ・ローゼンベルク精神病院の二階に妻を入院させることを決めたのである。

第七章

ヒンネルク、ハンナ

1

戦争が終わってから、ヒンネルクはずっと二つの「物」を持っている。一つは銃だ。いつもシャツの下、ズボンの前側に入れてある。そして、もう一つはつねに消えない恐怖の感覚だ。一瞬たりとも消えることがなく、「休む」こともしない恐怖は、長年つきあううちに、ほかの感覚が肉体に与える、やや劇的な神経作用とはまったく違う独特な物となった。この恐怖はいつもすぐそこにあるので、形をもってヒンネルクの身体にはりついているような感じがする。少し曲がった鼻とか、盲《めし》いた片目や、不自由な片脚などのように。外にいても、家にいても、眠っていても、ヒンネルクはつねに恐怖とともにいた。意識が朦朧として、人間がもっとも脆弱な部分をさらけ出す夢の中ですら、自分ではどうすることもできず、場所も時間も可能も不可能もないまぜの、支離滅裂な映像がまぶたの裏で繰り広げられている時ですら、どこか苦い感覚がしっかりと根を張っているのである。夢という不可侵な場所にいてもヒンネルクは神経を尖らせている。安全でいるためにはその苦い感覚を脳内に杭のように打ち込んでおくこと、つまりは警戒することと、それにつきた。軍隊仕込みの、一時も緩むことのない警戒、それは、否が応でも従わねばならない鬼軍曹の姿をして見えた。ごく私的な場所であるはずの眠りの中にいても、厳しい規律から逃れられない危険な戦闘中にいるかのようだ。脳内に深々とくい込んでいるこの防御の杭のせいで、ヒンネルクはほとんど休むことができず、朝、起き上がると肉弾戦を終えたばかりのように疲労困憊していた。

　ヒンネルクの顔を決定づけているのは夜行性動物のような目の下の隈《くま》だ。どんなに醜い傷痕よりも、その双眼は見る者をたじろがせた。両目の下には、たるんだ皮膚が幾重にも折り重なっている。実際、すべてが目の周りに集まっているのだ。皺の寄った皮膚だけでない、油断ならない何かが目の周辺に集中していた。彼のほかの身体の部位は平凡で、目立たない。あの目、あの皮膚こそがヒンネルクそのものなのだ。そしてその「領土」、その極小の祖国は、彼の目が訴えるものが深く根を張る場所であり、彼の身の上に起こったこと、つまり彼を変えたもっとも激烈な体験の残骸の掃きだめとなっている。目の下の隈は、彼の過去を触れて回る傷痕のようなものだ。たとえば、喧嘩して顔にガラス瓶を叩きつけられた時の傷は、一目でそれとわかる。傷痕は過去を記憶して開示する。傷を負った日付すら刻まれているようなものだ。ところが、ヒンネルクの目の下に寄り集まる皮膚の下には、何かいっそう複雑なものが隠れていた。雑多な養分が混じりあい、長い歳月で経験したさまざまなことが融け合ってできたのは、つねに恐怖している物体だった。それは人間を恐れ、近づいてくるものを恐れるが、それ自身も他人に恐怖を与えるのだ。これまでいったい何人が、ヒンネルクを、他人に心底怯えているこの男のことを、いったい何人が、所番地でも読み上げるかのように何気なくこう言っただろう。〈殺し屋の顔〉、と。〈殺し屋の顔をしている〉、と。

　ヒンネルクはそのたび、その声が聞こえないようにうつむいた。

2

決まりきった毎日を淡々と過ごすことで、ヒンネルクは自分の生活に〈新しいこと〉が起こらないように気を配ってきた。平和な日々に戻り、恐怖と予期せぬ出来事には関連があることに早々に気づいた彼は、日々、厳しい偵察を行なうことを自分に課すことにして、監視されながら、自身を監視する人間になったのである。

　家ではできるだけいろいろな場所に人間の形をした的を置いて訓練した。音が遮断される地下室では、その的を古いソファやたんすの後ろに隠して寝かせ、一部だけをわずかに見せるようにした。ほんの一部——足や手の先——がちらりとでも見えれば、敵の存在を確信し、それが相手の頭か心臓のようにみなした。そして、ヒンネルクは撃った。

　ヒンネルクが住む通りの奥には六歳から十歳の子どもたちが通う学校があった。どの子もみんな〈殺し屋の顔〉をした男を見たことがあったので、彼は「学校の怪談」に出てくる怪物のように扱われ、時には子どもへの脅し文句に登場するほどだった。〈あの男を呼ぶぞ〉、授業の合間の休み時間、あまりに口が悪かったり、弱い子に喧嘩をふっかけたりする子どもにはそんな言葉をかける。教師ですら、手に余る子どもには〈あの男を呼びますよ〉という脅し文句を、つい使ったりするほどだった。

　一方で、ヒンネルクの数少ない楽しみの一つが、子どもたちが無邪気に、何も恐れずに遊ぶ様子を窓から覗くことだった。窓辺で、小さな双眼鏡を目にあてて校庭を眺め、昼休みに遊びまわる子どもたちを見るのが習慣となっていた。

　時おり、撃つつもりなぞまったくなく、弾丸も込めていない銃を手に窓辺に行って、左手に小さな双眼鏡を持ち、子どもたちの一人に狙いを定めて、その子の動きにあわせて銃口を動かすこともあった。数秒間、そんなことをしたあとで、適当に選んだ子の動きを追うのを唐突にやめて、銃も双眼鏡もおろして白いカーテンをさっと閉め、外に出かける支度をはじめるのだった。

3

ヒンネルクの家を訪ねてくる唯一の女性がハンナだ。ハンナのかいがいしさは、まるで恋人のそれだ。

ハンナは稼いだ金の一部を〈婚約者〉の家に置いていく。とはいえ、二人の間にはなんら約束と言えるものが、ただの口約束すらも、交わされたことはない。ハンナが春をひさいで稼ぐ金額から、どういう割合でヒンネルクのテーブルの上に置いていくのかにも決まりごとはない。ハンナは、ただ黙って、身についた女の仕草の一つとでもいうように金を置く。財布から金を出し、ヒンネルクの部屋のテーブルの上に、煙草から灰を落とすようにぽとりと置くのだ。実際、そこに置いていく金は、生活の糧などではなく、煙草の灰と同じ余りもの、昨夜の燃えさしなのだというように。〈これは昨晩の残り〉という言葉には二重の意味がある。その金は残りもので、さして大事なものではない、大事なのは、昨日の彼女に何があったかということなのだから。金はあくまで二義的なもので、重要なのは、ハンナが男たちと得た悦びなのだから。あたしは夜を愉しんだの。これはその残り。数枚の札をテーブルの上にぽんと置く、ハンナの気のない仕草の裏には、そんな言葉がひそんでいる。

とはいえ、それはヒンネルクが手にする唯一の金だった。ハンナに感謝したことは一度もない。それどころか、その事実を意識したことすらない。〈あれ〉、つまりテーブルの上の金は、すでに事実なのであり、とある手段で外部から彼がもらい受けるものであり、長年にわたって繰り返しもらっているうちに、いつしか人体の一部となったのだ、恐怖とまったく同じように。ヒンネルクは外に出る前に、右手で金をつかむと、紙屑のように丸めて素気なくズボンのポケットに突っ込む。このちょっとした行為すら、自然と流れるようにこなす。この金は彼のものではない。彼なのだ。

二度ばかり、ハンナもヒンネルクの双眼鏡と銃を持って危なっかしい手つきで子どもの一人に狙いを定めてみたことがある。一度、訊いてみた。〈この弾、当たったらどうするの〉

遠すぎる、とヒンネルクは答えた。

第八章　ハンナ、ヒンネルク

1

テオドール・ブスベックとすれ違った夜、ハンナが急いでいたのには理由があった。ヒンネルクの家に向かっていたのだ。ハンナは心配していた。

このところ、ヒンネルクは以前より粗暴になっていた。それはつまり、彼の恐怖が大きくなっていることを意味している。そういう時のヒンネルクは家を出ないで、ほんとうに間近に何かの脅威が迫っているかのように射撃の訓練に精を出して何日も過ごす。そうして準備するのだ。

実際に、何かが彼をざわつかせていた。時が経つにつれ、子どもたちはどんどん図々しくなってきている。ヒンネルクのことが怖くなくなってきているのだ。一度など、向こうから近づいてくる子どもたちのだれかが、こう呟くのがはっきり聞こえた。〈あの男が来るぞ〉

この短い一言は、ヒンネルクの登場を知らせる、蔑みを含んだ内緒の合言葉となっていた。

〈あの男が来るぞ〉

ヒンネルクも、時によっては子どもとすれ違いざまに笑ったりもした。その言葉が、いかにも子どもっぽく人間的に思えたからだ。あの男が来るぞ、これがあの男だ、あの男にはよく気をつけろ。「あの男」。まるで、劇場の観衆に向かって、ほかの王国からやってきたあれこれを紹介する時の口上のようではないか。これが、かの植物です。さあ、動物の登場です。犬が来て、その次は、お気をつけください、男です、あの男が来ます。そこにヒンネルクが、大喜びで手をたたく子どもたちに、ありがとう、ありがとう、と言いながら舞台に登場するのだ。あの男、お待たせしました、それは自分です。

しかし、当然ながらヒンネルクは子どもたちから悪意を感じ取っていた。〈あの男が来る〉は〈お前は普通の男じゃない〉と言われているのに等しい。そして〈ぼくはあんな男みたいにはなりたくない〉とも。

ヒンネルクは、子どもたちのささやかな残酷さを一人で笑った。彼は、いまだ強靭であり、かつて戦争に行き、戦い、敵を幾人も殺し、罠を逃れ、ろくに食いもせず、凍てつく夜に仲間が貸してくれたわずか一枚の上着で命拾いをしたのだ。それにヒンネルクには、今もここに、上着の下に、銃があった。だから、子どもたちのあの残酷さは、まったくもって取るに足りないと考えていた。いつでもこの銃をさっと取り出して、あの子どもたちのだれかを撃つことができる。わけもない、〈子どものごっこ遊び〉みたいなものだ。このガキども、どこまで阿呆なんだ、とヒンネルクは思った。こんなに恐ろしい人間に向かって、あんな危険を冒すなんて。

彼自身も怖かったが、あんなふうにそれを表してみせることはしない。彼は防御していた。茶化すことなどせず身を隠し、ひたすら準備し、射撃の訓練をした。いつでも飛び出す準備はできている。脅かされてもそれを茶化したりなどしない、〈脅しには口で応えないように準備しておく〉。ヒンネルクは、権利だの憲法だのを通じた合法的防御にはいかなる幻想も抱いていなかった。彼は〈良識ある〉人間ではない、戦争に行っていたのだ。生き延びるのに言葉など何の役にも立たないことは、身に沁みていた。〈言葉に重さはないからだ〉。万の言葉をつらねる演説よりも、一個の弾丸のほうがよほど重い。だからこそ、ヒンネルクは憐れんでいた。そう、あの子らを憐れんでいたのだ。あの子らには敏《さと》いところが一つもない。〈世間知らずだな〉、まったくぼんやりとしていて、そんな姿を見れば、哀れと思うしかないではないか。〈今すぐにでもおれが銃をぶっ放すと決めたら、自分はお終《しま》いだなんて、これっぽっちもわかっちゃいない〉

子どもたちは、ヒンネルクに背を向けて、あさっての方向に銃口を向けているぶざまな敵に見えた。そんなぶざまな敵を撃ったところでどうなる？

それでも、ヒンネルクの目、その下の隈《くま》――子どもらがこの隈を嘲笑《あざわら》っていることは彼にもよくわかっていた――をからかうあの残酷さは、すべて大いなる無知、大いなる〈不注意〉ゆえとわかってはいても、我慢の限界がきそうだった。つい三日ほど前にも、また「あれ」を、〈あの男が来るぞ！〉と聞こえよがしに口にした「愚鈍な」子どもをあやうく締め上げるところだった。その子どものシャツをつかんで、幼稚な瞳にこの忌まわしい隈を焼きつかせるために顔と顔をつきあわせ、こう怒鳴ってやりたくてしかたなかった。おれは普通の男じゃないんだぞ、もっと別のものなんだ！

2

それで、ハンナは心配していた。ヒンネルクは昨日も恐怖が大きくなっていると言っていた。理由はない、けれども恐怖が差し迫っている、近いうちに何かが起こる、と。だれかが自分を捜している、と言った。おれは何もしていない、罪も犯していないし、戦争が終わってからだいぶ経っているし、それに自分は勝者の側の人間なのだ。ここ数年、人を脅かしたこともない。銃もある、今みたいな平時でも銃がある、そして毎日射撃の訓練を続けているから、動きがあればいつでも準備はできている。それでも怖い。ずっと怖い。恐怖は日に日にふくらんでいる、と。

ハンナがドアをたたいたのは午前三時半を回ったころだった。ヒンネルクは決して合鍵をくれなかった。何度もたたいたが、返答はない。ヒンネルクは出かけているのだ。

ハンナはしばらくドアによりかかったままじっとしていたが、突然飛びあがった。パニックが身体の中から飛び出しそうな気がした。

ハンナは外に飛び出した。短いタイトスカートが邪魔だったが、なるべく速く歩いた、いや走っていた。怖かったのだ。

第九章　入院患者たち

1

話しているのはガダだ。十五歳。

あたしはここに出たり入ったりよ。あいつら、ドアみたいにあたしを開いたり閉じたりすんの。十一年間、手術、手術よ。十七回も。十一年間、あいつらはあたしをドア代わりにしたの。開いて閉じて、開いて閉じて。あたしの頭もドアにしちゃって。

ガダ、十五歳。頭に傷痕がある。

ぼくには影がない、とハインリッヒは言う。

暑い。木陰の男は煙草を吸い、影の内側には絶対に落とさないように強く痰《たん》を飛ばす。ぼくも自分の痰で競争をするんだ、とハインリッヒは続ける。木の影と痰、どちらが長いか。

ハインリッヒは木陰から出て、自分の影を取り戻すために太陽の下に立つ。ほらね、と影を指さす。ぼくは死んでない。

足を見下ろし、右足にむけて痰を吐く。

奥さん、水をくれませんか。ハインリッヒは声をかける。だが、そこには奥さんどころか、だれもいない。


熱がある。ガラスを割りたい。手の感覚がないの、とミリアは言う。ガラスを手で割れば、手の感覚がもどるんじゃないかな。

ヴィトルドが言う。魂の感覚がなければ、魂でガラスを割れよ。そして笑う。

魂はガラスなんて割らないわよ。手は、割るのに慣れてるじゃないの。

手の感覚がないの、とミリアは言う。

指を数えてみろよ。

五本。

ほらな、しっかり手があるだろ。

手がないのよ、とミリア。

二人の男がミリアを押さえ込む。ミリアは右手を何十回も開いたり閉じたりする。


あたしはホテルの床を掃くんだ。

ホテルは汚いんだよ、パンくずだらけ、男だらけで、とマルクサラは言う。吸い殻もいっぱいだよ。

男は煙草をよく吸うからね。

掃除はやめないよ、とマルクサラ。


わたしをここに閉じ込めているのは、ママがわたしの死ぬところを見ないですむようにってことなの。

わかるわ、とヨハナは言う。

母親が娘の死ぬのを見るなんて、あってはいけないでしょ。

ヨハナは片方の手袋の指の部分を切り取り、あとで毛糸で繕うつもりでいる。

これで指を救うの、そう言って笑う。

鋏はない。手袋の指を手で引きちぎり、それから歯で嚙み切る。

ママは歯が丈夫だったわ、とヨハナは言う。

ママがわたしの歯を見ないですむように、わたしはここに閉じ込められているの。ママがわたしをここに閉じ込めている。

マルコは一日中テレビを見ている。起きてから寝るまで。だれも彼をテレビの前から引き離せない。

いつ何が起こるかわからないじゃないか、とマルコは言う。

彼は帽子を被っている。

この帽子があるから頭がいらいらする、と言う。それでも帽子は取りたがらない。

これは頭の中をいらいらさせる、と帽子のことを言う。

帽子は重くない、と彼は帽子を手渡そうとしながら言う。この帽子を被れば、転ばないよ。

だれも帽子を受け取りたがらない。それで彼はもう一度自分でそれを被る。

十五歳の誕生日に父さんがくれたんだ。もう小さくなっちゃったけど。

彼はうなだれ、泣き出す。

シャツの番号は五十三、菓子を食べている。

わたしはマルタ。

彼女はひどく痩せている。

マルタは言う。わたしはとても痩せている。

シャツの五十三という数字を指さす。

わたしは三度、幸せだった、とマルタは言う。

母が庭で遊ばせてくれた時。

それからここに連れてこられた。ゲームなのかと思った。

鎖骨が浮き出て、脚は骨と皮だ。

あんたの服には身体が入ってない、と母によく言われたものよ。

彼は地図をたくさんポケットに入れている。世界地図、ヨーロッパの地図、アジアの地図。

シュティグリッツは言う。今、ぼくたちがいるのはここだ。

足を止めるたびにポケットから地図を取り出し、眺める。それから自分がいる場所にしるしをつける。

今、ぼくたちがいるのはここだ。

「ぼく」がいる、とは決して言わない。「ぼくたち」がいるのはここだ、といつも言う。

毎日同じ道を歩く。地図上の国境は彼がマーカーで何本も描いた線でもう見えなくなっている。

だれかが外からやってくると、シュティグリッツは近づいて小声で頼む。地図をもらえませんか。

持っていない、と断られるとシュティグリッツは激昂する。

そして黙る。その人を見つめ、ほほ笑む。


釘を呑みこんだんだ、喉に釘がひっかかっている。

ヴィスリッツは喉を見せ、でっぱりを指さす。

釘はここにある、と。

釘のせいで歌えないんだ。

子どものころはかたつむりをよく食べた。つかまえて、食べるんだ。父さんは嫌がったけど。

縁起が悪いって。


ロッザは窒息死を恐れている。

わたしはものすごいお金持ちだったのよ。

ロッザは五十歳だ。

自分の年齢を言われると、ロッザは聞き返す。なんのこと？

最後に弟が訪ねてきたあの週から、何倍も歳もとっているのだと説明を受ける。

ロッザは言う。五十歳って、なんのことかわからないわ。

ロッザは痩せていて、ヘビースモーカーだ。

この前、弟が来てくれた時は、短いワンピースを着たわ。脚がよく見えるように。

弟が煙草を持ってきてくれたの。

ロッザは縁起をかついで三回性器に触れる。

まだこれから三人、男の子を産むのよ、と言う。

ロッザはもう一度右手で性器に触れる。

ロッザには子どもがいない。

ゼロパーセントというものは存在しない、と数学者だったウーバーバインは言う。

娼婦のところに通っているうちに髪の毛がなくなったんだ。

夏までにはすっかり禿げているだろう、と言われた。

だけど、ゼロパーセントなんてものは存在しないんだ、と繰り返す。

ウーバーバインはポケットに手を突っ込み、塩をいっぱいつかんで見せる。

ゼロパーセントなんてものが存在するなら、これはここにはないはずだ。

そして涙ぐむ。が、気を取り直す。

娼婦のところに通っていたから髪の毛がなくなったんだ。

わたしは数学の教師だった、とウーバーバインは言う。

夏には髪は抜け落ちているだろう。


彼女の髪は白く短い。

ここのみんなの母親くらいの年齢だ。

ララスは六十五歳。

みんなはわたしの頭が変だって言うけどね、そんなの嘘、とララスは言う。わたしの母の髪もわたしみたいに短かった——心臓でね、死んだけど。

わたしの頭が変だって言うけど、頭で死ぬことはないの。わたしが変なのは心臓。頭じゃないの。

心臓が止まれば死ぬでしょ。

わたしの母も、短い髪をしていたわ。

ララスは下あごをぐっと突き出すことができる。

ほらね？　わたしはみんなのお母さんくらいの年齢なのよ。


ヤニカは黒人で料理好きだ。

料理は好き、とヤニカは言う。

目に入るものはなんでも鍋に入れる。石、草、煙草の吸い殻、紙切れ。もったいないからね、と言う。

ヤニカは五十歳だ。

昔は腹を空かせていたものよ。なんでも、無駄にしたらだめだからね。

ヤニカが抱えている鍋に直接煙草を放り込む男もいる。

昔は腹を空かせていたものよ。料理が好きなの、とヤニカは言う。


パオラは恋をしている。

出会いがあったの。そう言うと、笑ってスカートを持ち上げる。

パオラは四十歳で、相手のルディは三十二歳だ。

ここで出会ったの、とパオラは言う。

ここよ、と各自の居室に通じる廊下を指さす。彼、クレイジーなの。

髪を三つ編みにしよう。彼が気に入ってくれるかもしれないから。

だけどね、彼はクレイジーなの、そう言ってげらげら笑う。

笑ってばかりの女の髪の毛を三つ編みにするなんて変ね。まあ、あたしも美人ってわけじゃないし、とパオラは言う。

ヴァナはズボンの上からマルクソの性器をつかむ。

ヴァナは言う。彼のは大きいのよ。

ここにいる男の中ではいちばん。あたし、みんなのを見たんだもの。

みんながシャワーを浴びている時にね。ドアを開けて、見たの。

マルクソのがいちばん大きかった。

マルクソは木に寄りかかっている。煙草を吸っている。ヴァナが性器に触れるたびに一瞬、思考が止まるようには見えたが、変わらず無関心だった。

マルクソは煙草を吸うしか能がないのよ、とヴァナは言う。

ここは不潔だわ、とミリアは言う。

身体を洗ってくれない。

ミリアは始終スカートをたくしあげ性器を見せている。

不潔よ、とミリアは何度も言う。こんなところに庭を入れられた。

スカートをめくって見せつけるなんて恥ずかしいことよ、だけどあたしは見せるのがずっと好きだったの。あたしはいつも清潔だったんだから、とミリアは言う。ここは不潔よ。

ここには連れてこられたの。夫にね。ブスベック博士。えらい先生よ。あたしには魂が見えるって言うの。

ミリアは庭を指さす。不潔ね。庭ってどうやって作るの？
ここではだれも身体を洗ってくれない。あたしのあそこを洗うのが気持ち悪いんだわ。

ヴィスリッツは頭に包帯を巻いている。
頭の手術を受けたんだ、と言う。
知性を除去された。
みんなはぼくが馬鹿だって、なんにもわからないって言う。
ぼくはすぐ疲れてしまう。集中できないんだよ。
たくさん眠らなきゃ、とヴィスリッツは言う。

エルンスト。ほかのみんなはエルンストの走り方を茶化して笑う。
ぼくはエルンスト。エルンスト・スペングラー。
ぼくはここが好きです。

第十章　カース

1

少年はうつぶせになって眠ろうとしたが、眠れない。思い切って立ち上がるが、止まって、また座りこむ。もう一度ベッドに身を投げた。眠りから覚めたばかりで身体が言うことをきかず、カース・ブスベックは、いつも自分に張りついている狭苦しさ、つまり不自由さをあらためて感じながら、起き上がって鏡を見た。

このか細い脚では絶対に兵士にはなれないだろう。不愉快な夢からまだ覚めやらぬ朝、目覚めた瞬間から、いつも少年は不幸だった。マッチを擦る。夜だ。手の中の小さな炎は、まだ夜が攻勢なのだと告げている。膝を見下ろす。異様に細い脚に比べると、膝はまだましだが、それでもだれかを追いかけることはできないし、逃げることだってできない。全体的に虚弱です、と医者は言っていた。要するにそういうことだ。全体的に虚弱。肉体が、まだ今のままでいなさいと、彼に命じているかのように。カースが怠けもののせいなんだろうか。あるいは、もう自分の落ち着き場所があるんだから、これ以上無駄に動かなくてもよいということなのか。心の奥底に隠し持っているカースの願いを、障害という形で自然が叶えてくれたのかもしれないな、と父、テオドール・ブスベックは言っていた。

カースは時計を手に取ってみる。ふと、これはもしかしたら時間が集まる様子を覗ける魔法の穴かもしれないと思う。一見、ただ時間を指しているだけに見えるこの機械の内側で、異世界が広がっているかもしれないと、右目を時計にくっつけてみた。風防に目をつけて、カースは自分がこの世界に大惨事を引き起こすこともできる人間になった気分になった。ことは全然違う機械の世界が、自分の長いまつ毛がたった一本闖入することでどうなるか。長針、短針、秒針が作る世界。たった一本のまつ毛で時間の世界が混乱し、そのせいで、こちらの日常までも崩れていくとしたら。

目を離した。時計の針は、ごたいそうなガラス板に守られ、何事もなく動いている。カースはベッドから立ち上がり、部屋のドアを開けた。居間の明かりが一つ、ついたままだが、だれもいない。父の部屋のドアは閉まっている。

カースのような子どもはどこにもいなかった。自分はみんなと違うという残酷な現実に、カース自身も物心つくころから気づいていた。身体のほかの部位と釣り合わない、奇妙なほど細い両脚も、体の中心が妙にずれている歩き方も変わっていたが、彼の興味の対象がまた、同年代の少年や少女とはかけ離れていた。

何かの匂いがする。台所へ行った。特に何もない。汚れたままの皿が二枚あるだけ。カースは黙っていられない。細い脚よりも何よりも、カースが奇妙な子と思われるのは、止まらないその口だ。歩かないでいることはできる。止まっていろとか、両脚を隠して座っていろとか言われれば、そうしていられる、だが、大勢の中で長いこと黙っていることができない。笑いものになると思っているのだ。座っている、ということは共同体に、そこに蔓延する力に同調するということだ。だが、長時間口をつぐんでいるというのは、挑発ととられかねない。革命への準備は整っているぞ、というような。たかだか五、六人ばかりの生徒しかいない狭い教室内の、ごくささやかなものではあるが、革命は革命だ。どんなにささやかなものでも、無意味でも、歴史の意味を否定するという仮定だ。だからこそ、カースはちょいちょい口を開かずにはいられないのだった。話しはじめると自制が利《き》かなくなり、一つを言い終わる前に次の言葉が飛び出し、そのうち言葉を満載したちっぽけな舟がぐらぐら揺れて転覆しそうな様相を帯びてくる。父、テオドールは息子によくこう言って聞かせた。言葉をしっかりつかんでおきなさい。舟の櫂《かい》と同じだ。揺れないように、しっかり握るんだ。だが、カースにはそれがどうしてもできないのだった。

2

健康優良児のカース。それは写真にしかいない。たとえば、ブスベック家には、遠く世界の反対側の国に住んでいる親戚がいる。テオドールとは手紙のやりとりしかしていない彼らは、よもやカースがほかの子たちとは違うなどとは思ってもいないだろう。テオドールは送る写真を吟味して選び、息子の障害については触れないままでいるので、ある意味で、言葉ではなく画像によって、嘘を重ねていることになる。写真だと、カースの不恰好でか細い脚を見せないでおくのはたやすい。それに、普通に発話ができないという点も、当然のことながら、写真ではわからない。写真を見る人にとって重要なのは、何が写っているか、それに尽きるのだから。カースが課外活動として、意外にも写真を選んだ理由は、ほかにも理由はあろうが、そんなところにあるのかもしれない。学校の成績は優秀と言うにはほど遠く、それどころか必死の努力とおそらくは父の名声も大いに手伝って、なんとかこれまで落第せずに進級してきた。そうやって、普通の学校に通って写真をはじめたカースだが、年を重ねるうちにどんどん腕を上げた。

写真は、カースがほっと息をつける場所でもあったはずだ。まず、それは手を使う作業であり、彼の手先の器用さには級友のだれもが一目置いていた。そして長時間黙っていることができた、というよりも、喋らないでいることが容易になる時間を得たからだ。写真は、というより写真を撮るということは、本人は姿を見せないまま自分自身を表現することができる一つの手段だった。その時は、言うなれば、上半身だけでほかのみんなと一緒にいられた。つまり、みんなから嘲りも同情も含まれていない目で見られることもあるのだと、感じることができたのだ。写真を撮っている時のカースは、ほかのみんなとまったく同じ土俵で戦うことができる、一人の人間だった。議論を戦わせる、どこにでもいるだれかに、その時にはなっているのだった。

ところが、ほかの時間で学校であったささいな喧嘩が、カースのイメージを決定づけてしまった。カースと、とある級友との間での言い合いがだんだんと激しくなり、これ以上、どちらかが何か一言を発すれば、周りのみんなに意気地なしだと思われる、ここから先は腕力勝負しかない、というところまできたとたん、はたと相手の動きが止まったのである。罵りあっているうちに、大事なことを忘れてしまったように。そしてほかの場合であれば、どうしたって腰抜けと思われそうな態度で後じさり、カースにこう言った。お前と喧嘩はできない。

カースの腕力は、決してほかの子より劣ってはいない。脚だけだ、男の子らしい喧嘩にどうしても入っていけないのは。脚をひょいとつつかれればカースは倒れ、一秒で決着はついてしまう。カースは殴れないし、殴られることもない、脚がないのだから。お前と喧嘩はできない。

それは、カースが耳にしたどれより残酷な言葉だった。

3

何かがおかしい、眠れぬ頭でカースはそう考えた。

台所の時計はなんの屈託もなく時間を示している。三時五十分。だが、おかしいのは自分のせいじゃない。眠れないことなんてよくある。家じゅうがばかに静かなのが、どうも気に障るのだ。尋常でない静けさ。

カーテンを少し開け、人通りがなく物音一つしない通りを見下ろす。そこもまったくいつもどおりだ。ブスベック家は街の中心から数ブロック離れた閑静な住宅街にあり、当然、この時間はどこも静まりかえっている。だが、この過剰なまでの静寂は、外からではなくこの家から、家の中から感じられる。

台所を出て、父の部屋に近づいてみた。ドアに耳を寄せる。無音。何も音がしない。思い切って、そっと開けてみた。部屋はもぬけの殻だった。テオドール・ブスベックは外出しているのだ。

カースの動きが一瞬止まった。驚きを受け止めるための力をかき集めているかのようだった。だが、いつまでもそのまま凍りついてはいられない。自分の部屋に戻り、着替えはじめた。父を捜しに行くのだ。

カースは腹を立てていた。医者としても父としても、テオドールは真夜中に自分を一人ぼっちで置いていくなんて、してはいけないはずだ。卑怯だ、そう呟いた。

第十一章　ヒンネルク

1

　戦争が同志に残した深い傷を目の当たりにしたところで、ヒンネルクの心が動いたことはない。ある時、戦友に出くわしたことがある。彼の顔はチックがひどかった。相手はすぐにヒンネルクに気づき、ヒンネルク、ヒンネルク・オブストじゃないか、と言って手を握ってきた。二人は、あのころの記憶にひきずりこまれないよう、言葉を選びながらゆっくりと慎重に話し、すぐに別れた。

　だれと話していても、急いで会話を終わらせるのは、いつもヒンネルクだった。〈ふらふらしていられないんで〉、と言って。

確かに、ヒンネルクの歩き方はふらふらしていない。長談義も長広舌も、壕《ほり》を掘ってそこに埋めてきたとばかりに無駄な話は一切しない。言葉には〈うんざり〉していたのだ。形容詞だけではない、現実世界の物を指し示す名詞も、動詞にもうんざりしていた。彼は言葉を捨てたのだ。だれかに無口だな、と言われれば、おれは兵士だったんだ、とだけ答えた。

ヒンネルクはテーブルを測ろうと巻き尺を手にした。家具は寸法の比率が重要だ。完璧な肉体と同じく、テーブルにも、一見してわかる美しい寸法というものがある。

ヒンネルクは生活をそぎ落としていこうとしているのに、このテーブルのインクの染みはいかにも不都合だった。染みはぼってりと厚く、天板を高くするのに一役買おうとインクが申し出たかのようだ。染みに茶色い傷があるのは、だれかが削り取ろうとしてあきらめた跡なのだろう。

ヒンネルクがテーブルに手を滑らせると、指にひっかかりを感じる。感覚を一点に集中させると、その固まりは高度とも考えられる。もし手が足のように歩けたとしたら、その染みがある場所は難所と言えるかもしれない。手が乗り越えなくてはならない高所だ。

ヒンネルクはテーブルの上、その染みの横に銃を置いた。銃の高さはまた染みとは違う。地つながりの染みとは異なり、異物が置かれたことによる高みだ。

ふいに頸《くび》がこわばったような気がして、違和感のある箇所を左手で探った。

ここだ。こわばりはなくなった。

すっと首を傾け、鼻を銃に近づけた。銃には匂いがある。特別な匂いだ。できたての料理の匂いとは違うけどな——ヒンネルクはにやりと笑った。だが、臭くてしかたないってわけでもねえ。

頭を上げ、またすぐ下げた。もう一度銃の匂いを嗅ぐ。最初は銃身、次には引き金、そして銃把《じゅうは》。それぞれ匂いが違うのだ。あらゆる感覚を排除して嗅覚にすべてを集中すれば、それぞれを嗅ぎ分けることができた。みな、はっきりと匂いが違うのだ。一皿に盛られた三種の食材のように。ヒンネルクは笑った。

若いころからヒンネルクは銃に特別な執着があった。では、彼には戦争がうってつけだったかというと、それがそうでもなかった。戦争中は、銃を眺めるなんて、思いもつかなかった。銃は使用するものであり、見るものではない。戦争が終わって何年も経ち、ヒンネルクは、今また時おり銃を観察するようになっていた。傍観者として。

ふたたび、銃身の、そして銃把の匂いを嗅いだ。実際、じゅうぶんな時間をかけて鼻をつけていると、金属が発する微妙に不快な温度を感じ、集中力を研ぎ澄ませ、全き静寂に一切の思考も止めると、ヒンネルクは自分自身の手の移り香を銃把に嗅ぎわけることができた。その時、銃把は人間の匂いがする。ヒンネルク・オブストという人間の匂いだ。人間の匂いのするものはすべて人間だ、という考えがよぎったが、すぐにまた嗅覚に神経を集中させた。銃身から銃把へと鼻を移動させるというわずかな行程を経るだけで、決定的な違いが感じられた。銃身からはほかのどんな匂いもしない。人間の痕跡が見られない。銃のうちでもこの場所は人間の匂いではない、ほかの匂いがした。金属だ。その匂いは深く、威嚇的で、おい、なんだかうまそうな匂いがするぞ！とは口が裂けても言えるものではない。だが、銃把の匂いを嗅ぐとそんな言葉が出てきてもおかしくない気がする。人間の残り香、特に今はヒンネルクの手の匂い、有機的な、食料にもなる匂いだ。というより、刺激される感覚がそれぞれまったく違うのだ。無機質で威嚇的な匂いのする銃身と、どこかそそる匂い（そう、まさに「そそる」のだ）の銃把、二つの匂いの違いに気づいたヒンネルクはあることに思い当たり、慄然とした。銃という物体に付着した自分の手の匂いに昂ぶりながら、同時に湧きあがる嫌悪感をどう表現するのかは難しいが、それでもヒンネルクには一つのことが明確になった、そしてそれを悟った今、これまで目に見えなかった恐怖が露わになった。人間はほかの人間を食べることができる、他人の肉体を食料として扱うことができるのだ。生き残るためであれば。

一見、同じ物体に属する二つの部分の間には明白な距離がある。銃身と銃把、それぞれの匂いの一つは嫌悪感を、もう一つは興奮をもたらす。この興奮には、平凡で呑気な空腹や性的欲望と、つねに満たされることはない、より深い欲望が入り混じっている。何を食べても満ち足りた思いをしたことが一度もない、そんな思いから生じる、尽きることのない欲望だ。何を食べても、空腹は愚かにもまたぞろやってくる。創造性に欠ける自分の肉体の営みにヒンネルクは失望し、騙されたような思いがしていた。鳴りつづける騒音が普通に感じられるようになったところで止み、その残響だけが耳について離れない——日々繰り返し生じる陳腐な食欲は、そんなふうに彼にとりつき、邪魔をした。激しい戦争が終わってもう何年にもなるというのに、自分の生存本能が食料を求めるほうに転換したという事実を、ヒンネルクはまだ受け入れていなかった。殺すという必要性——彼はこれによって生きてきた——のほうが、食べる必要性などよりもよほど人間にとっては高尚なものに思えたのだ。

　戦争中、食料調達は最重要事項ではなくなっていたかのようだった。ほかにずっと喫緊《きつきん》の任務があったのだ。それはつまり、死なない、ということだ。死なないでいることは、食べることなどよりもよほど重要かつ緊急だった。〈食べるのはあとからでもできるが、死ねば何もできない〉、そう思えば、胃をなだめるよりも銃を手に持つほうが先となる。だが、そんな感覚も、今は程遠い。

　ヒンネルクは食べることが苦手だった。食べたところで気分がよくなることは一つもない。食べるという〈行為〉そのものをどこかで軽蔑しているのだ。食べるという行為はほかの行為とは違う、それは人を凡庸にする、待機するのと同じくらいつまらない行為だ。事実、食べるとは、待機するという行為の変形とも言えると思っていた。ヒンネルクは待機するようには訓練されていない、つねに前進し、陣頭に立ち、掌握するように訓練されてきた。戦争では最前線にいた、危険が待ち受ける場所を前へ前へと進んでいったのだ。彼にとっては危険な場所こそが、何かを作り何かが起こる、特権的な場所だったのだ。人間に活を入れて奮い立たせ、最後には偉大なる創造者にして建設者にまで仕立てあげてしまう、危険にはそんな作用があるのだ。人が堅牢な建造物を建てるのは大きな危険を感じている時だ。安穏と造られた建物は、まがい物で、愚鈍で、丸裸にされる危険には無頓着なようにヒンネルクには見えた。丸裸にされるのは人間かもしれないし、煉瓦をむき出しにされる建物かもしれない。

　だが、今のヒンネルクは、背中を丸めて銃把をくんくんと嗅いでいる彼は、自分の匂い、自分の手の匂いに興奮していた。この数年、自らの内で次第に強まる感覚に気づいたところなのだ。ヒンネルクは、人間の肉を食うことができるだろう。

　テーブルの上の銃にふたたび顔を寄せるヒンネルクが、今、興奮しているのは、そうして世界の扉が一つ、開いたからだ。時おり妄想するにすぎなかった欲望が力を増したからだ。自分にできることがまた一つ増えた、日常性を越える力を得た、限界をも越えられる可能性が目の前に開けた。

　それでも、内に広がる可能性を感じてもなお、彼はやはり怯えているのだった。

2

ヒンネルクの家には家族の写真が一枚だけあり、この夜、彼はそれを携えて外に出た。娼婦のハンナがやってくる十五分前にヒンネルクはドアを強く閉めて出てきた。いつものごとくズボンと腹の間に銃を突っ込み、街灯の下を歩いていた。のろのろとどこへ行こうか迷っている。初めは、ただ家から遠ざかろうと決然と歩いていたのだが、今、その足取りはにぶかった。午前四時にどこへ行けばよいだろう？

　ここで教会が思い浮かんだのは、自分でも気づかぬうちに漠としたものに手繰り寄せられたせいだろう。ハンナから一度、街の教会の話は聞いていた。神父を時おり手伝いにくる青年が彼女の常連客だったからである。ハンナが言うには、かなり大胆なことをしたがるらしい。美男子なのよ、とも言っていた。それから、その青年との親密な行為をヒンネルクに事細かに話して聞かせることもあった。

　まさに、その事細かな話が、ヒンネルクの興味をそそったのだ。男と性交渉を持ったことはないが、男の肉体を前にすると、明らかに落ち着かない気持ちになる時がある。ヒンネルクの注意を特に引いたのは、青年が聖職につきたいという夢をハンナと会うたびに熱く語るという話だった。青年が抱える矛盾に惹かれたのだ。

この夜、教会がある街区に足が向いたのは、そんなハンナの話があったからだろう。その青年に会えるだろうとは考えていなかったが、彼は明らかにだれかを捜していた。飢えを、尋常でない空腹を感じていた。人間に飢えているんだ、と歩きながら考え、腹に突っ込んだ銃が肌に触れると気持ちが落ち着いた。この夜、ヒンネルクは何かを捜していた。恐怖はなかった。

第十二章

ゴンペルツ、テオドール

1

ゲオルグ・ローゼンベルク精神病院の壁はカレンダーで埋めつくされていた。いちばん古いのは十年前のものだが、だれも外そうとしない。邪魔になるものではないからだ。

マッチは禁止。明かりをつけてよいのは看護師だけである。一つの小部屋に電源が集められており、暗くなってきても入院患者が触れるのは一つか二つのスイッチに限られていた。

ここは謎を一掃するために造られた家なのだよ、と病院長のゴンペルツはよく言っていた。無駄のない動線で動けるよう、最小限の物で済ませられるように工夫されていた。そこに置いてある物は、簡単にすぐ使える物ばかりで、日常的に使わない物はめったになかった。たとえ一日だけでも、患者が忘れていられる物があるなら、それは無用であり不要なのだ。そこにある物は円で囲まれているかのようだった。余分とみなされた物はたちまち病的だとやり玉にあげられる。消してしまえ、捨ててしまえ、この円の外へと追いやってしまえ。各部屋に適切な形状のゴミ箱が定位置にあるように、各患者の内部にも同じようなゴミ箱があり、〈重要ではない〉習慣も行動も、できることなら思考も、そこに捨てなくてはならないかのようだ。大事かどうかは患者を監視する人間、つまり医者たちが決定する。捨てる物を決めるのは、ゴミ箱の持ち主ではなく、セラピストだ。それまでにその人間が持っていた物を一気に捨てさせるのは、そう困難でもない。困難なのは、危険な（とみなされた）ガラクタの箱の確固とした存在を忘れさせることだった。奪われた物のことを忘れ、〈完治〉と診断される患者は多くはなかった。完治と呼ばれるには、奇怪な行動をしなくなるだけでなく、昔の自分に戻る帰り道を完全に忘れ去る必要があった。

ゲオルグ・ローゼンベルクでは、狂人とみなされる患者それぞれの行動をやめさせる治療法とはまったく違う、倫理的な治療が重要視されていた。彼らが何を考えているのかを理解すること、これも目的の一つだった。決して目で見ることはできないものに対して特別な注意が払われていたのである。それはつまり、患者の頭の中身だ。

ドクター・ゴンペルツに聞かれて患者がいちばん困る質問がまさにこれだった。〈今、何を考えているんだね？〉

何を考えている？　この問いに対する真の答えは本人のみしか知りえないし、その答えをだれかと分かち合うことはできない。みんな嘘をつくことができる。ということは、みんな安全だということだ。だが一方で、恐ろしいのはその反対も考えられることだ。つまり、自分が言っていることが真実だと証明できる患者はいないのだ。これを考えているんだと、どう証明できる？　ドクター・ゴンペルツは信じるしかない。証拠もなく、その言葉を真実として受け入れるしかないのだ。

行動面ではパスした患者も、思考面がどうかが最終的な診断ポイントとなるが、結局それは医者の独断で決定された。危険なこともふつうでないことも考えていませんと説明し、有用で具体的なものにイエスと答える患者の言葉をゴンペルツは信じるしかなかった。

さらに、ドクター・ゴンペルツには最小限の倫理感があり、それが患者の状態を判断する時ににじみ出てくる。ゴンペルツは思い切って患者に訊ねてみることがあった。〈きみ、自分が何を考えるべきかわかっているのかね？〉と。数学や文法の教師がある問題について具体的な答えを求めるように、これは試験で正解は一つしかないとでも言うように、ゴンペルツは訊ねたのである。健康な人間ですら、そんなことを聞かれれば当惑する問いだ。

医者と患者が迷いこみがちな精神的な迷路に慣れているテオドール・ブスベックですら、この質問は受け入れがたかった。少なくとも、相手に脅威を与えると思っていた。

人は何を考えるべきなのか？　その人は、自分の思考をどこに導くべきなのだろうか？

2

狂人と思われないために自分の思考をどこに導くべきなのか？　これはドクター・ゴンペルツが問いかけ、今、テオドール・ブスベックが省察しようとしている問題である。

この問いは精神疾患の治療にとどまらない、すべての人間の基本的なモラルに関する問題を投げかけている。

モラルある人間は何を考えるべきか？　さらには、何を考えてはいけないのか？

当然、この問いには、遠い昔から教会が答えようと試みている。精神病者を診る医者などよりずっと前から、神父たちは信者たちに監視の目を光らせ、人の行動だけでなく思考までをも裁こうとしたものだ。

どのような行ないをすればよいでしょうか？との問いに道徳的な答えを返すだけではじゅうぶんではなかった。どのように考えればよいでしょうか？という問いに、同じような断固とした答えを与えるべきだったのだ。

あからさまに口にはせずとも、ドクター・ゴンペルツは狂気と不道徳には関連性があると考えていた。狂人とは不道徳な行ないをする者のことであるが、それだけではない。道徳的な行ないをしても、不道徳な考えを持つ者は、やはり狂人であると信じているのだ。とすると、狂気とは道徳がすっぽりとぬけ落ちている状態のこととなる。一過性のもの、偶発的なものであれば治癒は可能だ。だが、それが確とした不滅のものであれば、治癒はできない。犯罪者と、何も理解できない知的障害者とは、それぞれが各種の狂気に分類される。つまりは不道徳者である、というのがゴンペルツの見解だ。犯罪的行動に備わる狂気と、世の理《ことわり》を理解しない者の頭脳の中に備わる狂気。世の中を理解していない人間の行為は、これもまた犯罪行為に数えられる。たとえ人を傷つけていなくても、無理解と無知による行為だからだ。害はなくとも、いや、たとえ善い結果をもたらしたとしても、無意識であるがゆえにその行為は不道徳になる。無意識は不道徳だ、とゴンペルツはよく言っていた。犯罪行為だ、とも。

　テオドール・ブスベックとゴンペルツはこの問題について何度か議論したことがある。科学的研究の分野ではテオドールの知名度のほうが高くはあったが、〈狂気の臨床〉においては、ゲオルグ・ローゼンベルク精神病院長であるゴンペルツには遥かに及ばなかった。

　そんなこともあって、この二人の医者の間で戦わされる議論には、表面には決して表れない、互いへの非難が言葉の端々に臭うのである。テオドールはゴンペルツに対して「自分ほどの知識はないくせに」と思っていたし、ゴンペルツはテオドールに対して「自分ほどの経験はないくせに」と思っていた。

だが、そりがあわぬところはあっても、妻のミリアに対するゴンペルツの見解にテオドールは一目置いていた。この点、両人は職業的な意味だけでなく、互いに尊敬の念を抱いていたとも言える。テオドールは、歴史の流れにおける恐怖の発展史や、次の世紀に悲劇が起こりうる場所を予測できるようなグラフが作成できそうだといった、完成まであと一歩に迫る論文の話を一度か二度、ゴンペルツにしたことがある。その歴史のグラフは個人のグラフと重ねることができるかもしれないというテオドールの話は、ゴンペルツを魅了した。ゴンペルツのほうが、テオドールよりよほど多くの——そしてより暴力的な——精神病患者を実際に診たはずだ。それでも、テオドール・ブスベックの大胆な学説はうらやましかった。その研究に協力するためならば、今のこの地位をなげうっても構わないと思うことも一度や二度ではなかった。だが、この学説をテオドールはだれとも分かち合うつもりがないことは簡単に見て取れた。時を経るにつれ、この二人の男たちの間にはある種の親愛の情が芽生えてはいたのだが、「この男はわたしのことなど必要ないのだ」という、忸怩《じくじ》たる思いを互いに抱え、相手への悪意が完全に消えてなくなることはなかった。互いに互いを必要としない、それが理由でその悪意はいつでも憎しみへと変貌することができるように見えた。

第十三章

テオドール、ゴンペルツ、クラウス

1

ゴンペルツの部屋に導かれて数分が経っていた。気まずい空気が流れ、どちらも口火を切ることができずにいた。テオドール・ブスベックはゴンペルツの秘書に呼ばれ、「この日、この時間にいらしてください」と言われていたのだ。つまり、社交的な招待というわけではない。ここに入院している妻のミリアの話のはずだった。

ゴンペルツがようやく口を開いた。

「ドクター・テオドール・ブスベック。最初から話の核心に入ります。お話しするのはつらい役目です。ご理解ください」

テオドールはゴンペルツの正面にいた。彼は机の向こうで腰をおろしている椅子についた車輪を左右に動かしていた。

「ミリアに何があったのです」テオドールは聞いた。

「ドクター・ブスベック。私の羞恥心が許す限り、詳細にお話しするつもりです。今、わたしの目の前におられるのが医師であることは承知しています。だが、ここにお呼びしたのはそれが理由ではない」

「……」

「つまり、こういうことです。奥方のミリアさんともう一人の患者のことです。あれをしたわけです。ほかの患者たちの目の前で。二日前のことです。

こんなことをお話しせねばならないのは遺憾ではありますが、ほかに言いようがありません。大勢の人間が目撃しました。たくさんの患者が見て、二人の看護師がすぐに引き離しました。だが、その時は時間も経っていたようです。ほかの患者たちが騒いだために看護師が駆けつけたのです。こんなふうに報告することを許していただきたい。

あなたにはきちんと話さねばならないと思いまして。いずれ耳に入ることでしょうから。この患者たちの口がいかに軽いかはご存じでしょう。ありもしないことをでっちあげるかもしれません。それに看護師たちも見ました。看護師すべての口が堅いとは限りません。昨日は一日中、あなたにどう話そうかと迷っておりました。だが、その間にも奥方の名前が口の端にのぼりはじめ、あることないことが耳に入ってきたのです。あなたの耳に嘘が一つでも入る前に、急いで話さねばと決意した次第です。起こったのは先ほどお話ししたことだけです。そのほかはどんな話であれ、真実ではありません」

「相手はだれですか」

「そのような情報は差し上げるべきではないとご存じでしょう。患者はすべて平等ですから。法的にも、お伝えしてよいのは奥方についてだけなのです」

「名前を教えてください」

「……」

「名前だけで結構です」

「エルンスト・スペングラー。統合失調症患者です」

2

「奥方が入ってきた時にはすでに彼は入院二年目でした」

「エルンスト・スペングラー」テオドールは呟いた。

「その情報はここだけにしてください。正当な手順をふんだわけではないのですから。これ以上立ち入ったことを訊ねてほしくありません」

「何を患《わずら》っているのです」

「エルンストですか？　統合失調症です。そのほかに何が知りたいのです？　これ以上は何も言えませんよ。なんの役にも立たないと思いますし」

　ゴンペルツは指先で机の上の書類をいじりはじめた。

「あまり思いつめることはないと思います。そんなことは私などよりご存じでしょうが……」

「二人は離さねばならない」ゴンペルツの言葉を遮ったテオドールの声は厳しかった。「二度と顔を合わさせてはいけない。連絡も一切だめだ。どんな状況であっても」

　ゴンペルツは深く息を吸い、できるかぎりゆっくりと話した。

「ドクター・テオドール・ブスベック。それは不可能だとよくご存じのはずです。規則にのっとった罰則を二人とも受けてもらいますが、二人の間の接点を完全に排除するのは無理です。彼らは囚人ではないのです。犯罪者でもありません。ここには共同の談話室もありますし、決められた時間に患者たちが集まります。ご依頼されたようなことはできないのです」

「なるほど」テオドールは言った。「こちらはゲオルグ・ローゼンベルクですよね。そのあたりの安宿とはお支払いする額も違います。問題が起これば対処されるものと思っておりましたが」

その言葉を受けて数秒後にゴンペルッツは立ち上がった。木製のキャビネットの引き出しを開け、二枚の書類を取り出した。

「一つだけ、手段はあります」ゴンペルッツは言った。「ドクター・ブスベックのお望みのとおりの手段を講じることができることはできますが、しかし……」

「なんでしょう」

「ご存じのとおり、どこにでも規則というものがございます。場所が変わればその規則も変わるでしょう。当然、うちにはうちの規則があります。僭越ながら、私はうちの規則こそがもっとも公平だと信じています。さもなければここの病院を管理していくことは不可能です。患者さんにとってもご家族にとっても、いちばん公平なやり方だと思っています。

エルンストに関しては、ご承知のとおり、あなたにはなんの決定権もありません。今回のような遺憾な事故であなたが彼の存在を知ったとはいえ、彼はあなたとはなんら関わりのない一個人です。しかし、奥方に対してであれば、いくらかの権利があなたにもあるかもしれません。つまり、われわれの病院に治療目的で入院されているご婦人の配偶者にはいくつか選択肢もあるということです。たとえばですな、われわれが内輪で〈一時的社会隔離〉と呼ぶ処置があるのです。一定期間、ここの患者を隔離しておくことはできます。そのための部屋が三つ用意されており、現在は二部屋が空室です。これ以上ないほど設備の整った個室です。なんならご覧くださっても構いません。しっかりした施設となっています。

この処置は通常は、危険な患者に与えられるものです。今回はそうしたケースにあてはまりませんが、やはりですな……」

「あてはまるでしょう。私にはそう見える」テオドール・ブスベックは言った。

「今回はそうしたケースにはあてはまりませんが」ゴンペルツは声音を上げて繰り返した。「同意いただければ、そうした解決法もあるということです」

突然、室内に沈黙がのしかかった。ゴンペルツは患者隔離のプロセスを法にのっとってはじめるための条件が書かれた書類を読んでいた。

「ドクター・ブスベック」。ようやく口を開いた。「奥方の今回のケースは、そうですね、あてはまるかもしれません……。ですが、あなたの承諾が必要となります。こちらの同意書に署名していただかなければ。本来ならば、うちの患者にこのようなことはしたくはないのです。患者は一年を限度として隔離されることになります。奥方には、もしかしたらかえって有効な治療となるかもしれませんが、それでも……」

「署名します」と、テオドール・ブスベックは言った。

3

ゴンペルツは、先ほどまで読んでいた書類をテオドールに差し出した。

「読んで、よくお考えください」とゴンペルツは言った。「書類をお持ち帰りになり、ほんとうにそうなさりたいのか見極めてください」

「家まで持ち帰る必要はありません」とテオドールは言った。「今、署名します」

「ドクター・テオドール・ブスベック。お願いします」

「今、署名します」。テオドールは繰り返した。

「ドクター・ブスベック、書類の効力は一年続きます。何が起ころうとも無効にできるのはあなた一人です。一年は長いですよ。よく考えてください」

テオドールはうなずくと、上着からペンを取り出した。

「これをお使いください」とゴンペルツは自分の黒いペンを渡した。

「これでよし」。テオドールは署名した書類を返した。

「お望みどおりにしましょう」

テオドール・ブスベックが帰り支度をはじめた時、ゴンペルツが呟いた。

「ドクター・ブスベック」

「はい?」

「まさか離婚はなさいませんね?　この書類の効力は一年です。それは変更できません。このようなことをなさったあとで離婚を申し立てるのは正しいことではありません」

「正しいことではない」とテオドールは言った。「ドクター・ゴンペルツ、失礼します」

4

テオドール・ブスベックは、友人で弁護士のクラウスの事務室に入り、当たり障りのない挨拶のあと、切り出した。

「離婚の申し立てをしたい。今日にでも準備してほしい」

クラウスは一瞬、口をとざし、この場にふさわしく重みのある表情を浮かべた。何も言わずに自分の椅子に座り、友人のテオドール・ブスベックが突然持ち込んだ仕事にとりかかれるよう、机のスペースを空けた。そうこうしながらも、クラウスは、自分がいかに痛ましく思っているか、個人的にも特に残念に思っているかが伝わるような表情を作ろう、しかしテオドールの話の持ち込み方からしても、あまり感情的にならぬ程度に抑えたほうがよいだろうと、精いっぱい努めていた。一方で、一切の言葉を避けながらも、遺憾な思いを見せておくのは不可欠にも思われた。

この場にふさわしい声の調子を探りつつ、弁護士のクラウスは書類とペンを引っ張り出しながら訊ねた。

「何があった、テオドール？　問題は……精神的なことか？」

テオドールは一切の感情を見せず、一言だけ答えた。

「姦通だ」

だが、ほんの一瞬黙って訂正した。

「精神的問題だ」

「そうだろうとも」と、クラウス弁護士は答えた。

5

二か月後、テオドールはふたたびゲオルグ・ローゼンベルク精神病院のゴンペルツに呼ばれた。

「お座りください、ドクター・ブスベック」

ゴンペルツは話をはじめた。

「またお会いすることになりましたな。離婚をされるおつもりだということは存じていますが、それを責めるつもりはまったくありません。それは私の役割ではない。今日お呼びしたのはある情報をお耳に入れるためで……離婚協議が進んでいることを考慮しても……私自身にもふりかかってくる問題というか……」

ゴンペルツは口ごもった。

「われわれは責任を引き受ける覚悟でおります。この病院でこのような事態を起こすわけにはいきません。つまり、こういうことです。奥方のミリアさんですが、妊娠しています」

第十四章

ゴンペルツ、テオドール

1

「もう一度申し上げますが、われわれはこの責任を引き受けるつもりでおります。本部とも話しましたが、この不愉快きわまりない事態はわれわれの手落ちによるものです。どうぞ賠償を請求なさってください。ほかの手段をとってことを面倒にする必要はないと思います。本部がきちんと補償するつもりでありますから。

　当然、もう一つの問題が残ります。彼女の妊娠は病院中で噂になっています。起きてしまったことをなかったことにはできません。ミリアさんも、先日お話ししました相手のエルンスト・スペングラーも、まだここ数年間は子どもの面倒を見られる状況にはないことは明らかです。当人たちが他人に面倒を見てもらっているわけですし、どちらも退院するには時期尚早です。奥方、いえ、前妻であられるミリアさんは妊娠を喜んでいます。その喜びは彼女にはよい方向に作用するでしょう。また、現況を鑑みるのと同時に、こちらの規定にのっとって、ミリアさんの部屋を替えました。現在、ミリアさんは個室を出て、隔離はされていません。妊娠しているということから、部屋の変更についてあなたの許可は必要なかったのですが、いずれにせよご理解いただけるものと思っています。賠償とは別に、生まれてくる子どもの行先をご考慮いただきたいと思っています。妊娠はお二方の婚姻期間中にあたるので、お望みであればドクターには法的に親権があります。だが、もちろん、こんなことが起きたあとではあなたに何かが要求されるとは思えません。さらに付け加えねばならないことに、子どもは何かしらの身体的障害を負って生まれてくる可能性が高いのです。

　あなたがどのように決断されようと、われわれはそれが正しいものとして最後まで支持するつもりです。そして、僭越ながら、同業人として一言、言わせていただきたい。この難しい局面におけるあなたの決断に対し、倫理面において口を出す者はいないでしょう」

2

ゴンペルツは話すのをやめ、深く息を吸った。ここで、自分の椅子に腰かけて机を間にはさんでこの国の新進気鋭の精神科医、テオドール・ブスベックに面と向かって言いにくい話を数か月の間に二度もするはめになるとは思いもよらなかった。終始無言で、軽くうつむいたままのテオドール・ブスベックは、まるで言葉による罰を受けてうなだれているかのようだった。事実、これはある種自業自得といえるのかもしれない。今、テオドールの明敏な頭脳が、現実と、なすすべもなく次々に起こる事件を前に、必死に抗い、もがいているのがゴンペルツには手に取るようにわかった。テオドールの人生設計が滅茶苦茶になったのは明らかだ。人生は、消し去って、無かったことにするのもできないままに、同意もないうえに本人の意に反して、ほんのわずかの間にまったく違う貌《かお》を見せてきた。彼の人生は、赤の他人の手で厳しいものへと変えられてしまった。それまでゆうゆうと握っていた人生の操縦桿《かん》が、その他人に奪い取られてしまったのだ。環境による影響、ゴンペルツはそんな言葉を皮肉をこめて思い浮かべていた。うっかりとにやつかないように気をつけねばならない。これほどまで明敏な頭脳も、環境による影響には形無しだ。

とはいえ、ゴンペルツもテオドールに同情を禁じえない。テオドールよりも優位な立場にいるので、（懸命に隠してはいたものの）この時のゴンペルツはかなりの優越感を覚えていた。病院長という立場で責任を感じてはいたとしても、監視の甘さというミス、そしてそのミスが今回の問題のすべてを引き起こしたのだとしても、ゴンペルツの心情が揺れ動くことはなかった。ゴンペルツはプロとしてあるまじき失敗を犯しはしたが、しょせん彼自身は無傷なのだ。これは消すことのできる失敗、金を払えばあっさり消せるのだから。

その反対に、不条理なことにテオドールは、今回の出来事になんら責任はないのに、解決せねばならぬ問題を抱え、手痛い傷を負っている。これからも関わっていかざるをえない世間でも汚点がついた。決断した瞬間、テオドールは世間というものにほんとうに招じ入れられることになるのだ。あたかも懲罰であるかのように。個人の狂気と普遍的な狂気についての重要な研究に何年も没頭して少しずつ世俗から距離を置きつつあった人間、時おり科学雑誌に記事を投稿してはその都度大きな反響を得ていた人間、聡明な知性を誇る人間も、ここにきてようやく理解したのだ。現実という食卓が彼を待ち受けていただけでなく、すぐそこに準備されていたということを。みんなもその卓で食べているんだ、とテオドールは低く呟いた。

ゴンペルツにはテオドールのこの言葉が理解できなかったので、黙って待つことにした。使命を終えた今は、口をつぐんで待つほかないと承知していたのだ。ある意味、彼はこの瞬間を味わっていたのである。この時、現実世界（自分はそれを代表しているとゴンペルツは感じていた）は、机上の論理と、終始だれの世話にならずとも生きていけると思っていた慢心とを罰しているのだ。今はきみがだれかを助ける番だ、テオドールくん。ゴンペルツは独《ひと》り言《ご》ちた。〈きみの行く先に身投げしてきた人間が出てきたな〉。これまでどおりにはいかない。決めるんだ。そして決めるのは、お得意の論理でもなければ、グラフでもないんだよ。

　ゴンペルツは息を殺し、感情を一切表に出さないようにこらえていた。実際は、この気持ちを押し隠すべく、あらん限りの力をふり絞っていたのである。というのも、彼にはどこか底意地の悪いところがあり（そういう性分があることは前々から自覚もし、決まり悪くも思っていたのだが）、その意地の悪さが今にも噴き出しそうになっていたのである。世界の「予期せぬ悪」が時代とともに拡散したという論文のことで何度かテオドール・ブスベックと議論したことがあるが、その時に見せられたグラフのことをゴンペルツは思い出していた。今ここで、それらのグラフを机の上に置き、この高名な研究者の目を見据えて言ってやりたくてならない。ほら、あなたのグラフです。これが役立つかもしれませんよ！

　今のこの瞬間こそが、ブスベックの論理がなんの役にも立たないという証拠にほかならないという確信が、ゴンペルツにはあった。自分の隣にいる人間、少なくとも感情的にもっとも近しいはずの人間のこともわからなかったくせに、何世紀も昔の、赤の他人の何かをどう証明しようというのだ？

〈テオドールくん、どうするつもりです？〉と、ゴンペルツは内心で叫んでいたのだが、今や自分では気づかぬままに意地の悪い笑み、邪悪な笑みを浮かべていた。〈ドクター、決められませんかね？　それじゃあ、その明晰な頭脳はなんのためにあるのかな？　テオドール・ブスベック、今、きみが自分の顔を見ることができたらなあ！　その阿《あ》呆面《ほうづら》、友よ、信じがたいが、事実、わたしの目の前のきみはまさに顔面蒼白、屍《しかばね》のごとしだよ。無知無学な男が問題を前になすすべもなく茫然としているみたいだ。テオドール・ブスベック、もしも今、ネズミが一匹ここに入ってくれば、悠々ときみの肩に上ったり下りたりするだろう。長い尻尾が鼻先をかすめても、きみは気づきもしないだろう。いくら考えに耽《ふけ》ったところでなんの助けにもなりゃしない。だってネズミたちは、きみが考えるのをやめて行動を起こすのを待ってはくれないんだから。ネズミたちはね、ついてくるんだよ、テオドールくん、そこにいるんだ、きみの下にもわたしの下にも。一時も休まず、あちらからこちらへと、鼻面をふんふんいわせて、わたしたちがとりこぼした物を嗅ぎまわり、小さな穴を見つけて入り込み、塹壕《ざんごう》だろうと図書館だろうと、文化も暴力も一絡げにして、臆することなく我が物顔で走り回るのだ。テオドール・ブスベックくん、きみに自分の顔を見せてやりたいよ！　まさにネズミの顔だよ！　ネズミの学者が自説でもって、なんでもかんでも説明しようとしている、図書館と塹壕は同じ物質で造られてはいないと証明しようと躍起になっているくせに、証明できない。とんだ失敗だね。ブスベックくん、やり直しが必要だろうね。人生の汚点はすっぱりときれいにしたほうがいい。こんな厄介事は、早急に手を打って立て直しをはからねば。おや、首筋がずいぶん目立つよ。血管が脈打っているね、浮き出してきたからここからでも見えるよ。ブスベックくん、頓死《とんし》は勘弁

してくれよ、今こそ人生がきみをこんなにも必要とし、呼んでいるんだから〉

「水をいかがですか、ドクター・ブスベック」

　ブスベックは無言で首を振った。

〈これ以上過ちを犯すなよ、ブスベック。今のきみには気つけが必要だ、頭が働いていないじゃないか〉

「水を持ってきましょう」とゴンペルツはそっと言った。「顔が青い」

　だがテオドール・ブスベックはやおら立ち上がり、言った。

「けっこうです、ドクター・ゴンペルツ。ご心配をおかけしました。今後どうするかを決めました。子どもは引取りましょう。書類には私の実子と記入してください。出産まで前妻の面倒をくれぐれも頼みます。子どもが生まれたら、だれかを迎えによこします。補償の件ですが、これは当然、彼女を度外視することはできません。三百万が適正でしょう。それで、私が書く一本の記事で先生が率いるこのゲオルグ・ローゼンベルク精神病院の名が地に墜ちることもなくなります。いろいろとありがとうございました、ゴンペルツ先生。次にお会いするのは、もっと気楽な場でとなるでしょう」

　テオドール・ブスベックはゴンペルツの手を素早く力強く握ると、院長室から出て行った。ゴンペルツは崩れ落ちるように椅子に座り込んだ。三百万だと！　テオドール・ブスベックはそう言った。椅子に沈み込むゴンペルツの顔は蒼白だった。

第十五章　ヨーロッパ０２

1

テオドールは、いつものように、七歳になった息子、カース・ブスベックを学校に送り届けてから図書館で歴史の資料の調査にとりかかろうとしたところで、司書が机に置いておいた小説に気がついた。本にはメモが添えてある。〈先生は興味を持たれるかと思います〉。本のタイトルは『ヨーロッパ０２』とあった。

ブスベックは小説のページをめくってみた。カタログのようだ。適当に開いたページを読みはじめ、そのまま、ページを飛ばしたり、前に戻ったりしながら読みつづけた。

追放者

ヨーロッパ02（一）

過ちを犯した人間は追放される。箱に閉じ込められる。外にいる人間には箱しか見えない。だが、閉じ込められている人間、追放された人間からは外が見える。全部見える。彼らはわれわれのすべてを見ている。

各区画には数十の箱がある。あちこちに数百万の箱がある。そのほとんどは空だ。中には、追放者が入っている箱もある。どの箱に人間が入っているのかはだれにもわからない。

あまりにも箱の数が多いので、だれも注意を払わない。あの箱にはだれかが入っているかもしれない、それはきみの愛する人かもしれない、だがきみは目をくれることもない。箱を見ても何も感じない。きみはその箱の前を何百回も通る。

登録

ヨーロッパ02（II）

音が鳴ると、五分以内に自分の場所に戻らねばならない。その数平米はきみの所有である。

だれも自分の場所から出てはいけないし、ほかのだれも入れない。

申請すれば、自分の場所から出ることが許される。手続きは十分で終わる時もあれば、十日かかることもある。

数日間、自分の場所から出ないままということもある。ひたすら待つ。だいぶ時間が経ち、ほかの人間が共同廊下を歩いている音が聞こえてくると、不安に襲われる。自分は忘れられているのではなかろうか、と。

きみの身体のサイズが測られ、登録される。身体から排出されるあらゆるもののサンプルを取られて、すべてのもののサイズを測られ、自分の場所にあるものも、すべて数え上げられる。さまざまな角度から写真を撮られる。数を確認される。きみの所有ではない何かがないか。もしくは何か欠けているものはないか。

法律

ヨーロッパ02（III）

彼らが決めた規律にきみがことごとく従っていたとしても、いずれ彼らは短い法律文書を持ってくる。その時、きみは悟る。自分は死ぬのだと。

彼らの行動は恣意的だが、違法ではない。まず、彼らはきみに法律を示し、これは法的な行為であることを告げる。

だれも反抗しない。みな法律を受け入れる。さもなければ、さらに悪いことになる。

ヨーロッパ０２（Ⅳ）

診察

診察は公共の場で行なわれる。

きみは座っている。突然肩をたたかれ、診察、と言われる。言われた者はすぐさま立ち上がり、壁を背にして着衣をすべて脱ぐ。

診察のたびに、手の甲に×印がつけられる。十以上の印がついている者もいる。みんな、診察が病気の原因になることを知っている。

手の甲に印がついているのを隠そうと、腕をねじって手の平をつねに外に向かせておこうとする者もいる。だが、そんなことをすれば目立つだけだ。よけいに嫌われる。ほかの者たちはそいつと距離を置こうとする。

ヨーロッパ02（V）

道具

彼らは決してきみに触れない。病気は診察道具の先端を介して感染する。肉眼では何も見えないが、道具の先端は細かい粒子で覆われている。道具に触れる前には恐怖を感じない。触れたあとには、感じる。

診察

ヨーロッパ02（Ⅵ）

彼らはただ怖がらせるだけの時もある。皮膚に切れ目を入れ、それを閉じる。道具をしまい、病気はないと言う。そしてにやりと笑う。彼らは離れていき、きみは衣服を身につける。

違う場合もある。皮膚をわずかに切開する。道具できみに触れる。きみの身体から何かを採取する。何をかはどうでもよい。痛みはない。

ヨーロッパ02（Ⅶ）

移動

毎日あいさつを交わしていた人が突然姿を消す。どこにいるのかを知るすべはない。箱に「追放」されたのかもしれないし、死んだのかもしれない。もしくは、遠く離れた区画に「移動」したのかもしれない。

ヨーロッパ02（Ⅷ）

病気

彼らは奇妙な病気を追跡している。奇妙な病気の罹患者を追跡している。奇妙な病気にかかった人間は、もはや病人ではなくなり、犯罪者として扱われる。

普通の病気にかかる人間は従順で、役割を正しく果たしていることを意味する。奇妙な病気は失敗を意味する。衛生面での配慮が欠けたか、それとも誠意に欠けたかのどちらかだ。

ヨーロッパ02（IX）

初めての時、もしくは相手が知り合いだった場合、彼らは手首の片方をきつくつかんで連れていく。あれをせねばならないのだ。だれも拒否しない。手首をきつくつかまれ、強く手を引いて連れられるのは、ただきみが震えないためだけだ。失敗しないため。正確に拷問するため。

どこにいても、いつでも、聞こえる。「拷問」と。そしてきみは呼ばれる。命じられて拷問する側になるかもしれないし、される側になるかもしれない。失敗を犯したかどうかは関係ない。きみを苦しませるためだけに、恣意的に選ばれることもあるのだ。

「拷問」、そう告げられても、拷問を受けるのか、与えるのかはわからない。

この言葉を告げられたら、彼らについていかねばならない。ほかに選択肢はない。与える側ですようにと、きみは心底から願う。

拷問は、与える側に選ばれた人間の区画で行われる。そのため、自分の区画に向かっていると気づくと、きみは喜びを抑えられない。こぶしを握りしめ、嬉しさにうめく。

自分の区画に入って初めて、自分がだれを拷問するのかを知る。見知らぬ人間の場合もあるが、友人の場合も、きみが愛する相手の場合もある。その時にきみは吐き気を催す。義務的に行なわねばならない拷問行為に対してよりも、数秒前に感じた喜び、自分は拷問される側ではないと知った時の安堵を思い出すからだ。その喜びは本能的なもので、どの命令に従ったものでもない。だからこそ、吐き気はしばらく続く。

第十六章　テオドール

1

テオドール・ブスベックは『ヨーロッパ０２』を閉じた。いらついていた。本を机の向こうに押しやり、この午前中に読むつもりだった資料を引き寄せた。

ある強制収容所で生き残った者はこう言っていた。「どんなことでもありえるということを、普通の人間はわかっていない」。テオドールはその一文に下線を引いた。

ほかのページにはこう書いてあった。

「ブーヘンヴァルト強制収容所から解放されたあるユダヤ人が、収容所の出口で書類を手渡していたナチスの中に学校の同級生を見つけたが、彼に声はかけず、その目をじっと見つめた。そうやって見つめていると、相手は自分から口を開いた。『わかってくれ、五年も職がなかったんだ。なんだってやれと言われたら、やるしかなかった』

　テオドールはこの箇所を自分のノートに書き写した。失業と恐怖の関連性だ。

　次の研究対象は、さまざまな歴史的局面における失業率となるだろう。だが、五世紀前の失業とはどういう状態を言うのだろうか。虐殺を見きわめるよりも、失業を定義するほうがよほど困難だ。死者を隠すのは可能だ。いまだに未発見の集団墓地が世界にどれほどあることか。だがそれでも、死体は死体だ。一度見つかれば、虐殺の痕跡となる。反対に、失業の定義は難しい。何年、もしくは何か月、無職の状態を失業と呼ぶのか？　働くのは週に一時間だけという場合は？　問いはじめたらきりがない。だが、テオドールは失業と弱者の集合体に対して実行された恐怖の関連を探らねばならない。さらには、失業者はどれくらい犠牲者に、または加害者になっているのかについても。具体的な数字をどう算出すればよいのかはわからぬまま、すでにテオドールには結果が見えていた。被害者も加害者も、相当の人数が失業状態にあり、恐怖にとらわれていたはずだ。いささか乱暴な考え方かもしれない。だが、恐怖を他人に与えることは、被害者になるということと同様に一つの活動なのだ。二つの活動であり、二つの行為。そう思うと、テオドールの脳内に構図の下絵が一枚、するすると自然に描かれた。つまり、恐怖が仕事を中断させるという構図だ。どういう類のものであれ、有用な活動をしていても、本能が命じれば即座にそれを中断し、生き残るための道を探りはじめる。いざとなれば、他人に危害さえ加えるようにもなる。それが人間だ。拷問されている最中にパンをこねる人間などいない。だが、人をいたぶることに悦びを感じる下劣な人間であれば、拷問を与えながらパンをこねることもできるだろう。あえて公式化するのも馬鹿らしくなるほど明白な事実だ。そうなると、重要なのは、加害者も被害者も、その恐怖が現実的なものとして現れる〈前〉に、たとえ、いわゆる雇用状態になかったとしても、なんらかの活動をしていたか、つまり〈何かに従事していたか〉という点だ。通常の活動に熱心に取り組んでいる人間が、一夜にして他人を手にかけるようになるものだろうか。この点について、テオドール・ブスベックは次のように書き留めた。切手を熱心に蒐集したり、彗星を発見しようと夢中で望遠鏡を覗いたりしていた人間が、翌日には他人をいたぶる側に立てるものなのだろうか？

　テオドールは、目の前の資料の山から一冊の本を引き抜いて読んだ。

「（……）六百万人の人間が身を守る術もなく、何が起こっているのかわからぬうちに、死へと引きずられていった。そこで取られた手法は、恐怖の増大だ。手はじめに、計算しつくした侮蔑を与える。次に自由を奪い、辱めを与えつづける。（……）そして空腹、それに強制労働が加わる。それにより数百万人が死んだが、死を迎える時期はまちまちである。それぞれの抵抗力が違うからだ。次が死の工場の出番だ。そこではみなが一斉に死を迎えた。若者も老人も、体力のある者もない者も、病人も健康な人間も。個人としての死ではない、つまり、男か女か、子どもか大人か、少年か少女か、善人か悪人か、醜いか美しいかなどは一切関係ない。ただ生命体という共通項でくくられた人々が果てしなく暗く深い奈落へと等しく落とされていった。彼らはみな家畜のように死んだ。肉体も心もない物体のように、死という烙印を押す顔すらもないかのように。

（……）友愛も人間性もないこの醜悪な平等性――犬や猫と分かち合えるような平等性である――に地獄絵図が映し出されている。

死の工場では、あらゆるものが偶発的になり、危害を与える側にも受ける側にも、制御することは一切不可能だった。実際、危害を与えた側が翌日は受ける側に回ることは日常茶飯事であった」

深いため息を一つつき、続きを読もうとして、テオドールは、だれかにそっと呼ばれていることに気づいた。男が一人、彼に近づき、身を屈めてささやいた。

「テオドール・ブスベック先生ですか？」

「はい？」

「お父様がご危篤です」

第十七章　カース、ヒンネルク

1

カース・ブスベックは十二歳だ。今まで、こんなに遅い時間に一人で外に出たことはない。恐怖がじわじわと降りてくる。おやすみの前に読む童話は、いつも「よい夜を」で終わるのに、とんでもない、今、目の前にあるのは悪い夜、恐ろしい夜だ。

寒さに肩をぎゅっと縮めた。あわてて家を出た時に羽織った上着は薄すぎた。だが、一人で外にいる、まだ子どものカースには果たすべき任務があった。父親であり医師であるテオドール・ブスベックが息子を置き去りにして出ていったのだ。カースは恐怖に打ち克《か》ち、父親を捜さねばならないのだ。

小さいカースは、もう頭の中でどうやって公衆の面前で父親を責め立てようかと決めていた。ひどいじゃないかとわめいて詰め寄るつもりだった。子どもを一人で置き去りにするなんて、と。息子はたったの十二歳、こんなに弱々しい脚をしているのに。だいたい、子どもを夜中に一人にするなんて法的にも許されていないはずだ。カースはつらつらとそんなことを考えていた。

そんなカースは、一時脚のことを忘れ、決然とした速度で歩いていた。恐怖と期待がないまぜになり、上の空のカースの歩き方はいっそう奇妙で、そんな姿をだれかが見たら、きっと笑ってしまっただろう。

完璧に舗装された道路が、不安な気持ちを鎮めてくれた。まっすぐな歩道は、いかにも人間世界が生み出した、自然な道に思えた。車がほとんど通らない通りは、夜でもなんとなく安心感があった。これほど人工的に整えられた場所では、野蛮な出来事など起こるはずがない、とでもいうような。

カースには軽率なところがある。それは、ブスベック一族、特に父、テオドールが過保護なせいだ。カースは生まれて十二年経つが、身についた知恵など、ほとんどない。ここでは、これくらいの時間になると、ほとんどの明かりが消え、見知ったはずのものは姿形を消してしまう。こういう時にはむしろ、道路の中央を歩くほうが安全だということすら、カースには思いつかない。周囲には何もないほうが、危険が身に迫った時に気づきやすいのに。カースは、午前四時の街の真ん中に一人ぼっちでいるというのに、無邪気にも、スピードを出して走る車のほうを、人間よりも恐れていたのだった。

　カースは歩きつづけた。夜中にはたいした問いも浮かばないものだ。肉体はただ機械的に動きつづけ、頭だけは、父を咎《とが》めだてる言葉をせわしなく探していた。お父さんは、ぼくのことを忘れちゃったんだ。

　右脚がだんだんと重くなる。もともと強くもないカースの肉体が、急激に疲労を訴えはじめた。数年前から、カースは、自分の身体のことが気にならなくなっていた。身体が弱いのは、止まらぬ口と同じように、短所の一つだと自覚はしていた。父親にどれだけ励まされても、父が見つけてきた矯正用の体操教室に通っても、少しでも身体がきつくなると、すぐにやる気を失った。指をどれだけそり返せるかなど、よくある子ども同士の競争にも、興味を示したことがなかった。他人の目を自分の身体からそらさせることや、他人の視線から隠れることを幼いころから習いとしていたために、自分でも、身体のことを忘れてしまったようなところがあった。それで、できるだけ自分には肉体などないかのようにして毎日を過ごしていた。そのため、一人の男に出くわした時のカースの歩みはすでにのろく、街の中心部にはまだ遠いところにいた。男とは、ヒンネルク・オブストだった。

2

ヒンネルクは家を出た——ハンナの話に出てきた宗教と性の情熱を混同している青年の姿を思い描いて興奮しながら。人間を食したいという、このおぞましい欲望がこの夜はあまりにも生々しく感じられ、いつもとは形の違う何かが絶え間なく胸の内で疼《うず》くようで、本人も持て余すほどだった。そして、ヒンネルクは先ほどからずっと、少年が歩く様子を見つめていた。最初にカースを見た時には、転んだのだろうかと思った。脚を引きずっていたからだ。だがすぐに、脚が悪い子なのだと気づき、そのか細い脚を見つめた。

「ぼっちゃん、こんばんは」ヒンネルク・オブストは言った。

カースは足を止めた。この夜、初めて声をかけてきた人だ。助けてくれるかもしれない。まわらぬ舌で言おうとした。ブルーフスクルック。

あわてて口を閉じ、謝るように手を振った。集中して、もう一度。

「ブスベアーク」

自分の胸を指さし、これが自分の知っている唯一の外国語なのだとでもいうように、続けた。

「おとうさん。ブスベアーク」

カースは自分の姓の「べ」を余分に伸ばして発音してしまう。吃音《きつおん》はなかったのだが、言葉によっては吃音と同じような症状が出てしまうことがあった。

「お父さんを捜しているのかい？」

カースは、は、は、はい、と答えた。

「こんな夜中に一人で歩いてはだめだ」ヒンネルクはそう言いながら、少年の首筋に優しく手を置いた。「行こう」、そっと少年を引き寄せた。「お父さんはこっちだ」

第十八章

テオドール、カース

1

図書館で、テオドール・ブスベックは飛び上がった。

「父上です。ご危篤だそうです」

立ったまま、テオドールは本と読んでいた資料を片づけ、私物を急いで鞄に入れた。

「行こう」

テオドールの父、トマス・ブスベックは数か月前から病床にあった。そのため危篤の報は寝耳に水ではなく、それどころか研究の邪魔が入って舌を打ちたい気分がよぎったのも事実である。当然、そんな苛立ちはこの場にふさわしい感情に急いですり替えたのであるが。

「まだ話せるのか」とテオドールは、病院の職員とわかった男に訊ねた。

「はい」とその男は答えた。「ご子息を呼ぶよう頼まれました」

　母が亡くなったのはその前年のことだ。今度は父の番らしい。テオドール・ブスベック個人の歴史が消滅しかかっているのだが、彼はどこかでほっとしていた。ここで自分の歴史がすっかり消滅すれば、公の歴史の研究に没頭できる。人類の歴史、そこで起きた重大な事件の数々。人類の頭とその錯乱の歴史。テオドールは、自分の人生が整理されつつあると感じていた。手伝いの者が、何十年も部屋にあった邪魔な古い家具を手早く片づけてくれたような感覚だ。

「あと数時間ともたないでしょう」と、男はテオドール・ブスベックに告げた。

「ああ」と、テオドールは答えた。「悲劇だ」

2

　病院へ向かう途中、父の報《しら》せにある種の清々しさを感じつつも、ふと違和感が生じた。そうだ。カースを忘れていた。

　テオドールは足を止めた。

「息子のカースが学校にいる。七歳だ。まず迎えに行き、それから病院に向かおう」

「お父上はもちこたえるかどうか」

「まずは息子だ」と、テオドールはふたたびぞんざいな口調で言った。「病院はそれからだ」

第十九章

テオドール、カース、トマス

1

三十年前にはこの国で絶大な権力を誇り、今は死にかけているトマス・ブスベックの病室に、テオドールと息子のカースはそっと入った。

三十年前には、トマス・ブスベックが電話をかけて「お待ちください」と言われることは決してなかった。この街全体が、つねに彼の命令を待っていた。トマスが突然現れる栄誉にいつ浴するかしれないと、町民は食事時に一人分を余計に準備していたのではないかと思われるほどだ。

トマス・ブスベックは、国政でも力のある政治家の一人だった。彼がそこまでのしあがったのは、ひとえにその頑固さゆえである。ほかの政治家たちの信条が、ぼろ布のごとくあっさり破けたり、一枚岩と誇っていた連帯にほんの数か月で亀裂が入ったりする中で、変わることのない彼の石頭は、月日を経るうちに耳目《じもく》を集めはじめた。つねに一匹狼で、だれかにすり寄ることもしない。ということは、だれかが自分と並ぶことも許さなかったということだ。たとえ敗北を喫しても、トマスはその次にはさらに力をつけて戻ってくるのだった。しかも、以前からの主張は曲げないまま、奇妙にも敗北したからこその人気を獲得して。年を経るごとに、トマスに対する不支持票は減りつづけ、ついに、ある時街のすべてを牛耳る選挙に出馬し、勝利した。さらにその五年後には、国でもっとも権威ある雑誌に今年の顔として選ばれた。

ブスベック家の男と女は、役割を明確に分担していた。男が何かを獲得し、女はそれを維持する。あたかも同じ軍隊に属する二つの部署のように、男たちの仕事は前線に出て名をあげることであり、その名を細心の注意を払って美しく保つという極めて難しい作業が、女には振り分けられていた。要するに、自分たちの役割は〈名前を清潔に〉保つことだと、ブスベック家の女たちは誇りをもって言っていた。わたしの仕事は夫の名をきれいにしておくことよ、と女たちはだれもが恥ずかし気もなく高らかに言ってのける。恥じる理由があるものか。事実、それこそが、勝者たる証ではないか。

2

老トマス・ブスベックが死ぬ前年、その妻、つまりテオドールの母が死んだ。夫と同じく最期はしばらく寝たきりだったが、彼女は自宅で死を迎えた。ちょうど祖母が部屋で〈永遠の眠りについて〉いる時に、小さなカースはとても奇妙な光景に出くわした。今でもあれがなんだったのかはよくわからない。

まだ六歳だったカースが、なんの気なしにひょこひょこと歩きながら、いつものように手伝いの女の部屋の戸を開けると、そこには祖父、トマス・ブスベックが彼女のベッドに座っていた。手伝いの女は祖父の両脚の間に顔を埋めて、カースがぎょっとすることをしていたのである。

「出て行け、この馬鹿もの！」と老ブスベックは怒鳴った。

カースはさっと背を向けて逃げた。

数時間後、祖父と何やら話し込んでいた父にカースは呼ばれた。

カースは父の怒りの形相を見ておののき、言葉にならぬ言葉を懸命に言おうとした。テオドールは息子に近くに寄れ、と言い、カースが一歩近づいたとたんに力いっぱい、その頬を打った。

　そして言った。

「お前はまともな話し方を学ばねばならん」

3

「見えるか」テオドールは祖父を覗き込めるよう息子を高く抱え上げ、訊いた。

「見えるか？　おじいさまだ。亡くなった」

　その日、カースは生まれて初めて高いところから祖父を見下ろした。〈ヘリコプターみたいだった〉と、あとから繰り返し言っていた。祖父は黙ったまま動かず、目を閉じて胸の上で左手の上に右手を重ねていた。

　カースは、まだ父に抱え上げられたまま、祖父の奇妙な姿を指さし、聞きとりにくい喋り方で訊ねた。

「おじいさま、怖いの？」

第二十章

テオドール、トマス、カース

1

テオドールが自分の患者のミリアと結婚するつもりだと父に告げた時、トマスは長い間黙りこんでから、言った。

「その女はお前の名を汚すだろう」

それで、その後つぎつぎに起こったことを目にしても、それ見たことかと、トマス・ブスベックには溜飲を下げるような思いもあった。

まずは、嫁がゲオルグ・ローゼンベルク精神病院に入院した時のことだ。夫婦の騒ぎの顛末をさんざん聞かされたあとでは、この報告は驚きでもなんでもなかった。

「ほかに策はなかろう」、そう老トマスは言った。

それから数か月経ち、息子夫婦の離婚とミリアの妊娠については、ほぼ同時に知った。テオドールは詳細を語らず、生まれてくる子は実の孫だと父に期待を抱かせておいた。子の母親はすべての権利を奪われ、当然のことながら養育権も剥奪された。よって、赤ん坊は、生まれるやいなやブスベック家に引き渡された。

ところが、幾年も経たぬうちに、一族の名の存続を願う老ブスベックは、何かがおかしいと気づいた。テオドールは一人息子であったので、生まれてきた子は、ブスベック家が息子の代で断ち切られぬ唯一の希望である。

「狂人を研究する人間を最後に一族の血が絶えてたまるか」とトマスは息子のテオドールに言ったものだ。「どれだけ賢かろうと関係ない。どうせ血を絶やすのなら皇帝や王の行状を研究しろ」と、皮肉までつけ加えて。

テオドールの研究対象が個人の狂気から歴史を通じての〈悪の狂気〉なるものに変化したのには、家族の希望が影響したのは明らかだった。

初めてテオドールが現在の自分の研究対象について父に語り、人類の歴史における暴力の進化についての持論を語った時、トマスは快哉《かいさい》の叫びをあげた。

「そう、それでこそブスベックだ！」

だが、こと血筋に関しては、カースが成長するにつれて、老トマスは深い失望感に蝕《むしば》まれた。孫は可愛いという言葉には幻滅がにじむようになった。

カースが四歳のころのことだ。トマスとテオドールは、居間でかれこれ二時間、チェスをしていた。チェスの腕前は互いによい勝負で、長年競い合ってきていた。だが、父はゲームの最中に突然席を立つと、サイドボードから酒を取り出し、グラスに注いだ。

「テオドール」と、老ブスベックは切り出した。「お前はわしの一人息子だ。わしとお前の顔を見てみろ。血縁を見分ける方法がいくつかあったところで、顔を見比べれば、親子であるのは一目瞭然だ。お前は三十年前のわしに瓜二つだ。そして、わしは三十年前のおのれに誇りを持っている」

テオドールは、父への敬意から我知らず立ち上がっていた。父は皇帝のごとき威厳に満ちていた。胸を張り、いつもよりさらに伸びた背筋は自らの力を誇示し、この手が触れるにふさわしくないとでも言いたげに、いかにもおぞましげに酒のグラスを持っている。あらゆるものが、トマス・ブスベックがかつてない興奮状態にいることを示していた。彼は憤っていた。

トマスは一息に話した。「テオドール、あの子どもはお前の息子ではない。だれの目にも明らかだ。もう何年も前にお前に話そうとはした。あの女、ミリアは、お前の前途を台無しにするだろうとわしは言ったはずだ。まさにそのとおりのことになった。街じゅうが事の次第を知っているのだぞ。お前がカースとともに歩くたび、みんながあの子を笑う。あの子の障害を笑い、お前を笑っているではないか」

トマス・ブスベックは長い間沈黙した。

「あの子のことは好いておる。だが、わしの孫ではない。

誤りから自由になるには、今だ。あの子を送り込む場所はいくらでもある。お前よりもずっとうまいやり方であの子の面倒を見てくれるだろう」

トマス・ブスベックはグラスに残った酒をあおった。

「お前はまだこれからだ。すでに名前が知られてきている。神の探求を思わせる、健康に関するお前の論文は、医者の間で話題になっている。お前の同僚たちは批判しているだろうが、実のところやつらは怯えているのだ。お前がただの競争相手ではない、自分らより頭一つ出ていると気づいたのだ。そろそろ、身辺の整理をするころだろう。すべてが明るみに出た日には、やつらは容赦ないぞ。あることないことを陰でささやき、お前を貶《おとし》めようとするに違いない。人間の本性についてわしが何を知っているというわけでもないが、経験は豊富だ。どんな研究でも――研究に関してはお前のほうが専門だ――実例の数は重要だろう。これまで、目の前でも、すぐ隣でも、とりわけ背後で多くの裏切りがなされるのを、この目で見てきた。研究者でもある医者たちは、一人残らずお前を憎むだろう。お前は世間知らずのぼんぼんではないし、自分でもそれはわかっているはずだ。お前はブスベックだ。わしはお前を小鳥とではなく人間とともに生きるべく教育してきた。お前に巣を作ってくれる人間などどこにもいない。唯一、巣を作ってくれ、これからも作ってくれそうなのは母さんくらいだが、母さんは今、床に臥《ふ》せ、もう立ち上がることはないだろう。わし自身とて、残されているのはあと数年ばかりで、たとえ息子のためでも、巣を作ってやるわけにはいかない。お前の頭が何にも邪魔されず、しっかりと動きつづけるためには身辺を片づけねばならん。お前がうかつにも結婚という愚を犯した女は、お前の人生に汚点を残したかもしれんが、拭いきれぬほどの汚れではない。あの女から離れたのは賢明だった。過ちはそこで終結した。ところが、あの子がお前の汚点となっておる。しかも、これからもそれは続いていくだろう。自分の子ではない、障害のある子を養育しているからといって尊敬されるなどと思うなよ。頭のおかしな妻が狂人と密通してできた子だという噂が陰で立つ。そういうものだ。ブスベック家の人間は、ほかの人間を見下すために生まれるのであり、見下されてはならない」

2

カースは受難の子どもであるだけではない。ほかのあらゆる生きものと同じく、彼にも防衛本能というものはあり、必要があれば、反撃にも出た。テオドールは、うたた寝のふりをしながら目撃したことがある。当時四歳だったカースは、すでにほぼ視力を失っていた祖母と二人で部屋にいた。二人の間を飼い犬がうろうろと歩いている。老いて身動きも自由にとれず座っている祖母は、脚の近くをうろつく犬を杖で追い払おうとしていた。犬めがけて杖を振り下ろしたつもりが空振りし、今度はあさっての方向に向かって猫なで声をかけて、犬を呼び寄せようとしている。近くに来たら杖で殴りつけるつもりなのだ。カースは、犬も見分けられない祖母を面白がって、いきなりこぶしでその背中を軽くたたいた。すべてを見ていたテオドールは、喉元まで出た怒声を寸前でこらえ、代わりに目を見開いてなりゆきを見守ることにした。母は殴られて小さく悲鳴をあげ、カースは笑いながら何かを呟いた。テオドールには息子が嘲るように調子をつけて言っているのがわかった。犬だよ、犬だよ！

　祖母は座ったまま、持てる力をふりしぼり、今度は杖をぶんぶんと振り回しはじめた。孫も犬もそばにはいないとわかってはいたのだろう。それでも、その体調を考えれば驚くほどの力強さだった。杖で床や椅子を打ちすえていたのだから。つぎに、テオドールは息子がふたたび祖母に近寄っていくのを見た。見る者がひるむほどのか細い脚をひきずるあの歩き方で、四歳の息子がそっと祖母の背後に回る。祖母はまっすぐ前を向いて何が起こっているかを懸命に探ろうとしている。そして、テオドールははっきりと見た。息子の顔がこの上なく嬉しそうなのを。そして右手を思いきり振りかぶり、老いたブスベック夫人の背中を力いっぱいげんこつで殴るのを。

3

失業状態が人間の本能の暴力的な面にも、またその反対の面にも作用しているという仮説を、テオドールは慎重に組み立てていた。反対の本能に作用した場合、不思議なことに、ある人々は思いやりと同情で満たされて、個人の計画をもなげうって他人のために尽くすようになる。こうしたことを考えながら、テオドールは、祖父の死に目に立ち会うために学校から連れてこられた七歳の息子、カースの背中に右手をあてて、善と悪の根源は不活動と怠惰にあるのではないかという仮説を固めつつあった。とすると、具体的で専門的、かつ個人による活動は、反対に、世界に対して道徳的にはどちらともつかない態度を誘発するのではないだろうか。その活動、あるいは仕事は、大きな恐怖、つまりは歴史上に起きた大虐殺を避ける手段となったかもしれないが、一方で、偉大な行動と崇高な人間が出現する機会を消失させることにもなる。恐ろしい虐殺者もいなくなるが、聖人もいなくなるのである。それでも、歴史という長い尺度で見ると、善行には真の悪ほどのインパクトはないように、テオドールには見える。悪は歴史を動かすエンジンなのだ。エンジンは速度に結びつくものであって、速度に倫理は関係ない。エンジンに、道徳も不道徳もあるものか、とテオドールは考えた。あるのは、ちゃんと動いて車を前に進ませるエンジンと、動かないエンジンだけだ。気高い行為は、歴史の上ではエンジンにはならなかった。そして、このひらめきは、この瞬間、テオドールに重く響いた。悪の速度とその結果によってのみ、進歩が生まれる、とテオドールは一人で呟いた。頭の中ですべてがかちりと収まり、大きな満足感を得た、まさにその時、だれかがやってきて、父、トマス・ブスベックの死を告げた。テオドールは、反射的にはっきりと口に出した。

「すごい！　これはすごいぞ！」

第二十一章

ヒンネルク、カース、エルンスト、ミリア

1

十二歳、身体が不自由で、真夜中に父親を捜しているカースはだんだんと恐ろしくなってきていた。目の下に大きな隈《くま》をこさえた男に強くつかまれ、これまで味わったことのないほどの恐怖に、身体が麻痺したように動かない。

ヒンネルクは、カースの首筋をつかみながら、明かりのほとんどない路地へと引っ張っていった。

「お父さんはブスバーク、というんだろ？」

カースは震えている。この変な男は、善い人じゃない。わずかながらも明かりがともり、なんとなく安心感があった場所から二人はどんどん遠ざかってきている。カースの頭は父親のことでいっぱいだった。自分を一人で家に残して出ていくなんてひどい、と。真夜中にカースが父の助けが必要な時があると知りながら、父は裏切ったのだ。父に思い知らせてやらなければ。そういう態度は賢くないよ、と父に言ってやりたかった。

ヒンネルクは先ほどから一言も口をきいていないが、子どもを引っ張る力はゆるむことなく、できるだけそっとではあるが、有無を言わせず、完全な暗闇となる建物の裏まで連れてきた。カースは、首をつかむ手に小さく抗《あらが》ってみた。するといきなり男はぐいっと力を入れて、カースを地面につきとばした。

カースは叫ぼうとした。

2

その時、エルンストは、電話ボックスの脇で目を覚ましつつあるミリアを助け起こそうとしていた。

人差指でミリアの右目の上の額をそっと撫ぜる。真夜中に突然驚かされたが、わずかながらともる街灯のおかげで、なんとか平静をたもつことができた。

ミリアという名の女に単純な疑問が一つ、わき上がってきた。さっきまでただの声だった人間が今はここにいて、自分に触れているとはどういうことだろう？

生きていれば、どこかに隠れていた偶然というものが飛び出してくることもあるということを忘れ、ミリアは、その時、自分の全人生は神の手に導かれているのだと感じた。エルンストが自分を見つけたのは〈道なき道〉をやってきたからなのだ、と。「人の魂は、高きに立って見張っている七人の番兵よりも多くを告げることがある」*のだ。

この時、ミリアは自分の信仰にいっそうの確信を得た。この優しい手ですぐにだれだかわかったわ、ミリアはエルンストにそう言った。あるいは言ったつもりになった。

ミリアはじっくりと目の前の顔を見つめた。きょろきょろと動きつづける顔。〈頭のおかしな人みたい〉とミリアは思った。危ういところを助けてもらったり、昔の友人に再会したりして、退屈する者はいない。退屈とは危険なものだとミリアは知っていた。どんな戦争よりも危険だ。問いを持たなくなると、人は退屈するものだ。前の夫のテオドールがそう言うのを、ミリアは一度、聞いたことがある。

「あんた、今までどこにいたの？」ミリアはエルンストに訊いた。

これはまた、なんと慎重でありながら乱暴な問いだろうか。〈今までどこにいたの？〉。どこ

＊『旧約聖書』「シラの書」三十七章十四節

の街に、どの家に、ミリアはそんな場所のことを聞いているのではない、彼の存在を問うたのだ。〈どこを歩いていたのかのことじゃない〉

だが、エルンストの神経質な顔は、歳月が経っても彼がちっとも変わっていないことを物語っていた。ほっとしたミリアは、あの文言を思い出した。「エルサレムよ／もしも、わたしがあなたを忘れるなら／わたしの右手はなえるがよい」*。二人は固く抱き合った。

* 『旧約聖書』「詩編」一三七編五節

第二十二章

ゴンペルツ、ミリア、フランツ、ゴディケ、
ヴィスリッツ、ガダ、ティンカ、ヴィトルド

1

ミリアがドクター・ゴンペルツに呼ばれて院長室に入ると、その手には「客人」の状態の進展について要点をいつも書き込んでいる黒いノートがあった。

赤ん坊は二週間前に生まれていた。その日は厨房で祝祭がくりひろげられた。料理女たちは、こんな小さなグラスではこの喜びは入りきらないとばかりにワインを次々に飲んでは、浮かれて巨体をテーブルにぶつけていた。なんといっても、赤ん坊が生まれたのだ、しかも、初めて

の〈自家製の〉赤ん坊だ。とはいえ、祝祭はあくまでひそやかに行なわれていた。料理女たちは、いつも不幸に耐える患者たちの善き手本であり、病院の職員である以上は、いわゆる「まともな」頭を持つ人間でなければならない。それにしても、ちょっとしたお楽しみはあってしかるべきだろう。ゲオルグ・ローゼンベルク精神病院の決まりきった日常に「穴があいた」のである。下級職員すらは赤ん坊の誕生を大いに寿《ことほ》いだ。

料理女たちは創作意欲のはけ口を料理に向けた。病院食を盛りつけて品よくそれぞれの患者の前に置いていく。時には患者から賛辞も受けた。〈この料理人にしてこの食事あり〉。院内では、だれもが食べものに、そろそろと歩く白髪の老人に対するがごとき敬意を払うことが求められた。

ゲオルグ・ローゼンベルク精神病院では、食べものも例にもらさず、あらゆるものに秩序があった。隅々にまで満ちみちている秩序は、窓すらもすり抜け、外の風景にまで浸透していた。しっかりと閉じた窓の外を眺める視線にすら監視の目がゆるむことはない。そのうちあくまでも穏やかな声音で注意を受けるだろう。そんなにじろじろ見ないで。〈節度を持って眺めなさい〉と。あたかも、視線にも限界があり、窓の外にあるものを見るだけでも、体力を消耗するかのように。ここでは、窓辺で外を眺めることにも、時に節度が必要なのだ。病院の外は、あまりに幼稚なものがありすぎて、真面目さが求められる患者たちにはふさわしくないのと同時に、成人向けのものも多すぎて危険でもあるのだ。〈外が濡れてるぞ！〉と、いつまでも繰り返し言いつづける患者もいた。

大雨になると、屋根瓦の間にたまった雨水が、とつぜん激流となってほとばしり落ちてくる。どうどうと水が流れる様子は、窓辺に長らく座って雨を眺めつづける人間にとってはちょっとしたエンターテインメントだ。建物の屋根のひとところに無造作にのせられた瓦は、病院の数少ない無秩序と、決まりきった日常のほころびを表しているかのようだ。そこに雨という自然の力が加わり、瓦の内側にたまった雨水が奔流となり、ついには死人のように硬直したゲオルグ・ローゼンベルクの毎日に反旗をひるがえす。忽然と現れた小さな滝は〈活力みなぎる健康〉を思わせた。健康なものは、一時もじっとせず、絶えず動いているものだ。健康とは、倦怠の、病院では第二の食料のごとき薬の、対極にある。実際に、薬こそが患者の第一の食料であって、ただの米や、たいていは生焼けで硬く、病院でよく言われる〈不適当な〉味のする肉よりも大事なものとなることもある。不適当な味だけでなく、部屋の空調も時々自制を失って、うららかな晴れの日だろうが、極寒の日だろうが、自己顕示をはじめることがあった。そういう、異様な暑さの時、つまり〈不適当な〉室温になると、患者たちは話し合って集まり、看護師に文句を言いに行った。暑さで自分たちを殺すつもりかと。

だが、暑さで彼らを殺そうとする者などいなかった。

2

赤ん坊は二週間も前に生まれていたが、ミリアはまだ子どもを見ていなかった。

ドクター・ゴンペルッツは言った。

「離婚が成立しました。あなたの前夫のテオドール・ブスベックから伝言を受けています。快復を願っている、だが二度とあなたには会いたくない、と」


監視される人は孤独でなくなる、とも言える。監視の視線を感じて、自分は一人じゃないんだと感じる患者もいた。背中に注がれる数人の視線にやがて慣れ、意に反して、そこに温かみすら感じる者もいるのだ。だが、時間が経っても慣れず、いつまでじろじろ見ているんだと看護師に文句を言う患者もいた。それで、患者が集まると、院内にどれだけ敵がいるかという話になった。ガダはまだ新人だが、「また敵が一人増えた」と、そればかり言っていた。その口ぶりを聞くと、院内にはいくつもの軍隊が送り込まれているかのように思えてくる。男たちの中には、「戦闘準備」だと言って、白紙に兵やスパイの動線だの、さらには奇妙な機械だのをいろいろ描く者もいて、洗濯というような、慣れ親しんだ日常の雑用すらも「自然界に恐怖を拡散する」ことを目的として作られた、もっと壮大な仕組みの一つなんだと言ったりした。

ミリアは、ゴンペルツの会話の持っていきかたを注視していた。話をはじめるのも終わらせるのもゴンペルツで、声音を上げるのも下げるのも、ゴンペルツが決めていた。

「この絵をごらんなさい」と、ドクター・ゴンペルツはミリアに声をかけた。「昔の入院患者だった画家が寄付してくれたものですよ。退院して七年後にこれを贈ってくれたんです。どういうことかわかりますか？　みんな、ここが好きなんですよ」

表面の何かがその絵をくすませていた。薄暗いガラスを一枚、絵の前に置いて、直視されないようにしているかのように。

「その絵、汚い」。ドクター・ゴンペルツがふってきた話題を受け入れ、ミリアは言った。

「そんなことを言うものではない」と、ドクター・ゴンペルツはすぐさま返した。


郵便が届くと、てんでばらばらのことをしていた男たちは我先に手紙の束に寄り集まった。何も届かなかった者は、手紙を見せびらかされて意地悪されたが、それは普通のこととして病院では見逃されていた。病院には病院の戒律があったが、それは奇妙で、しょっちゅう変わる。一日ごと、一時間ごとに姿を変え、場合によってはすぐに覆される戒律でもあった。この一瞬ごとの、その場その場の戒律はゲオルグ・ローゼンベルクにいる男も女もまたたくまに身につける。かみそり、かみそりは切れる、とランツが言う。つねに多忙でいることに固執する男だ。すると看護師のストニアが応える。「そうね、ランツ。かみそりは切れるわ」

人は、いっぺん身につけたことはそう簡単に忘れるものではない。ポケットから滑り落ちたことにも気づかず、そのまま忘れ去るようなものではない。あらん限りの方法で自分の幸せを誇示すること、あの病院で最優先されたこんな戒律を忘れる者はいない。不幸な者が自分の立場を思い知れるように、ということだ。ゲオルグ・ローゼンベルクの清らかさ、規則正しさを乱すのに、一通の手紙ほど理想的な道具はなかった。外からの手信号のようにどの手紙も患者を過去へと後退させた。たとえ手紙にはこれからのことしか書いていなくても、患者の記憶の蓋が開き、ささやきが聞こえる、〈お前もかつては外にいたじゃないか〉と。もしくは、ただ単純に「忘れるな」、と。どの手紙も、つまるところはこう言いたいのだ。「忘れるな！」

ゲオルグ・ローゼンベルクの庭に、灰色の新しい手押し車があった。職員が怠けて片づけずにいたようにも、花壇の手入れに使っていたようにも見えた。つねに働いていたいランツは、もうだいぶ前から手押し車がほしいと病院に何度も頼んでいた。ランツの頼みから数週間が経った今、小さなそれが庭にある。病院では、時々こういうことが起こるのだ。思いがけないプレゼント。ゴンペルツ院長は、こういう唐突なプレゼントが、患者全員に作用し（当然、強く作用する者とそうでない者がいるとしても）、たまった鬱憤を晴らすのに役立つのだと言っていた。患者たちの誕生日は平和な武器として利用された。何もない毎日に何かが起こり、突然、だれかのもとに思いがけない贈り物が届く。病院の庭に忽然と現れた灰色の手押し車のように。

これはきみにだよ、ランツ。

3

この朝、ゴディケが庭に走り出て叫びだしたのは血の染みを見たからだと言う。ゴンペルツは院長室の窓ガラスに軽く額を当て、ミリアのほうを振り向いて言った。またゴディケだ。

ミリアの目の前には、ある大事な決断が立ちはだかっていた。何日もかけてトラックがどこかの土地から貨物を積んで走ってきたのに、結局、それは、道路の真ん中に貨物を下ろして交通の邪魔をするためだった、というように。そのせいでミリアは前に進めなくなった。

ミリアは、エルンストとたまに落ち合って軽い口づけを交わしていた庭の隠れ場が好きだった。寄せ合って植えられた三本の木は、たっぷりと生い茂る葉で恋人たちを隠してくれた。あたかも、まさにそのために植えられたかのように。自然の壁に身を隠し、恋人たちは素早く愛を交わす。患者たちの間では恋人たちの木、と呼ばれていた。

だが、今は、ミリアの人生に「落ちてきた」大事な決断に話を戻そう。その決断とは、単なる言葉ではない。ミリアの身にふりかかった、行なわれた、具体的な事実、出来事、行為である。ある日突然のことだった。慎重に計画を立てたり、ほかの選択肢について話し合ったりする時間はなかった。錆びた釘が一本打たれているせいで部屋の壁が汚らしくて、ミリアは気になってしかたなかった。とはいえ、あの出来事がミリアの身体に起こったのは、当然、その部屋ではない。それに見合った場所である。――どの場所も、自分にふさわしい出来事を集め、特定の行為を専門とする。その点で、場所は、だいたいの人間よりもあっというまにその道のプロになる。ミリアはそれまで足を踏み入れたこともない場所に入った。ゲオルグ・ローゼンベルク精神病院に併設された建物である。そして腹の周りに厚い布を巻いてそこから出てきた。医者の一人が、あなたの身体の中の新しい隠れ場がどうの、と話していた。

　技術の時代における、簡単な医療行為の一つにすぎない。ミリアは、二度と子どもを産むことがなくなった。ミリアの肉体からその可能性が奪い去られたのである。ミリアの腹がこの世を見限ったから、ではない。そのほうがミリアのためだと思われたからだ。ミリアはこれから何をされるか、わかっていなかった。なぜこんなに怠《だる》いのか、性器の周辺がなぜこんなに痛むのか、わからなかった。この時の自分が何をされたのかをミリアが知ったのは、手術のあと数年のち、とっくに退院をしたあと、別世界に来てからのことだった。そんなこと、あなたは許可したのですか？　そう訊かれて、すでに健康と体力を取り戻していたミリアは答えた。いいえ。

4

ますます裕福になり、医学の分野でも有名になったテオドール・ブスベックは、別れた妻、ミリアがこの先の五年間、ゲオルグ・ローゼンベルク精神病院で何不自由なく暮らせるように前払いを済ませていた。

それなのに、理由もわからないまま、ミリアは病院中の人間から意地悪をされた。いじめは院長であるゴンペルツから始まり、下級職員にいたるまでまんべんなく広がり、特に数人の看護師たちは上司を見倣って、お墨付きだと言わんばかりに遠慮なく小さな嫌がらせをミリアにして、厳しい規則でがんじがらめの毎日の憂さを晴らしていた。

「きみのせいで、いくら損したと思ってるんだ！」と、ゴンペルツはミリアに対して声を荒らげたが、ミリアにはその意味がわからなかった。

「汚いのは絵じゃない。きみだ」ゴンペルツはそう言った。

ミリアは毅然と顔を上げているのが好きだったし、頸《くび》にはいつも十字架を下げていた。いつのころか、その十字架はミリアの避難所となった。十字架に触れさえすれば、ある場所に通じる扉が開いて、そこに閉じこもれるような気がした。指先に十字架を感じていれば、たとえ彼女を小突きまわして大きな声で騒ぎ立てる男や女に囲まれていても、一人になれた。みんなはミリアを向こうに「行かせない」つもりだったのだろうが、ミリアは「行く」ことができたのである。肉体はそこに座っていても、ミリアは、今いる部屋から突然「失踪」した。すると、家具のように、答えが返ってくるはずもない物であるかのように、彼女は放っておいてもらえるのだ。

　釘を呑みこんだと言い張るヴィスリッツは、ほかの多くの入院患者と同じくとてもゆっくりと話した。何か新しい言語を発明したかのようだ、同じ言葉、同じ文法だのに、出てくる音があまりにだらりと伸びていて、起源が別の生物にある、もっと深遠で、もっと原始的な言語のように聞こえる。

　単語をすべて言い終わる前に時間切れとなるようで、最後の母音を言い切らないうちに次の単語がそれを押し出し、上にかぶさって前の母音がつぶれて聞こえる。ある単語の最後の音と次に来る言葉の最初の音が融け合うのだ。

　ヴィスリッツは喋りながらお茶を飲んだ。病院でそういうことをするのは、女性しかいなかったのに。喉に引っかかった釘の鉄をお茶で溶かすのだと言った。

　ヴィスリッツはりんごを一つ、手にとった。それで、一つの権威をも手にした。彼は自由に動く手を持つ生物であり、手中の果物を意のままにできるという権威を得た。りんごはといえば、呆けたようにヴィスリッツの手にただ身をゆだね、じっと来るべき瞬間を待つのみである。

ヴィスリッツは紅い果実をかじり、咀嚼する。

りんご、食べる？　ヴィスリッツは声をかける。

ミリアは答えない。

ミリアが「魂を見ている」時には声をかけないほうが身のためだとわかっていた。声をかけられて「向こう」から戻ってくる時、ミリアが罵声を浴びせてきたり殴りかかってきたりすることがあるからだ。そうされても、声をかけたほうは、自分が悪かったと思ったりもする。きっとミリアはだれかと親密な会話をしていたのに、それを邪魔してしまったのだろう。ミリアは今、ヴィスリッツの隣でほほ笑んでいる。ミリアの目に自分は映っていないとわかってはいるけれど、ヴィスリッツもまた、ほほ笑んでいる。りんごは全部自分のものだ。それでじゅうぶんだ。ヴィスリッツは満足している。

5

暴力的な衝動を抑えるのに有効な手段として、水に触れさせるのも実験の一つだった。病院の庭で、男たちは煙草を吸い、女が三人、たっぷりと水を湛えた池に手を浸しながら性交の体位だの、患者の男たちのペニスの大きさだのについてお喋りしている。複雑な言葉を延々と喋りつづけることを自慢に思う黒人のティンカが、突然、赤ん坊を取り上げられたミリアをからかいはじめる。

エルンストが父さんだよう！　エルンストが父さんだよう！

ティンカは、夜にだれかを驚かすのが大好きだ。電灯がともっていても、自分の漆黒の肌は闇にまぎれて見えなくなると信じている。甲高い声で大笑いし、軍病院の話をする。爆撃から身を守るために、病院の布団は壁より厚いんだよ、などと言う。

ティンカには学があり、入院してくるなり、リーダーの一人として君臨した。彼女は強く、腕が太い。男であろうと女であろうと、他人の身体をいつまでも分厚い手で触る。だれかに触れたり、もたれかかったりするのが好きなのだ。真っ黒な背の高いリュックみたいにミリアの背中におぶさり、頭や髪にキスを浴びせることもあれば、あんたが母親になるのは無理だもんねえ、などとからかうこともあるが、そんな失礼なことを口にしているとは思えない無邪気な顔で言う。陰湿さはない、思ったことを口にするのだ、言葉での防御だ、女同士で、ミリアを自分の下に置いておくための武器。ティンカは、言葉を変えて同じ話を繰り返す。あんたはママに向いてないから赤ん坊をとられちゃったんだよ！

6

ミリアはガラスを割ろうとして怪我をする。ゲオルグ・ローゼンベルクに十年以上入院しているヴィトルドが言ったのだ。

魂の感覚がなければ、魂でガラスを割れよ。

ミリアはヴィトルドに向かって唾を吐くが、うまくいかず、唾は唇の下にたれる。ヴィトルドは笑い、ミリアはシャツの袖で口を拭う。

「指を数えてみろよ」

「五本」

「ほらな、しっかり手があるだろ」

「手がないのよ」とミリアは言い張る。

ミリアはもう一度こぶしでガラスを叩こうとするが、男二人に取り押さえられる。

ミリアは今、腕を動かせない。男たちに押さえられているからだ。右の掌を何十回も閉じたり開いたりする。

第二十三章

エルンスト、ミリア、ヒンネルク、ハンナ、テオドール

1

二人は一度だけ、ゲオルグ・ローゼンベルクから逃げたことがある。エルンストとミリアだ。ここから世界が始まるかのように、歩道を走った。日常は、二人にとっては別世界となっていた。通りを歩く男も女も、みんな郵便屋のように見えた。あたしたち宛ての手紙を持ってます？　そんなふうに訊ねて回りたくてしかたなかった。二人が周囲から浮いてしまうところがあるとすれば、それは服装と、エルンストの歩き方くらいだ。とはいえ、みんな通勤を急いでいたので、脚が悪いことくらいでエルンストをじろじろ見る人などいなかった。どこにいても、

朝であれば、奇妙な二人の姿は街にとけこんだ。遅刻しそうで足早に急ぐひとたちは、たとえドラゴンがそこにいても、驚きもせず通り過ぎるだろう。おはよう、と上の空で怪物に挨拶すらしかねない。

　ミリアとエルンストは、この混沌に自分たちがうまくまぎれていることが嬉しかった。二人の脱出が、だれの邪魔にもなっていないらしいことを喜んだ。自分たちは、そこまでおかしくないし、病んでいるわけでもない。自分たちがいても、街はいつもどおりだ。

　カフェに座り、互いの顔を見てほほ笑んだ。今、二人は世界にいるのにだれもこっちを見ない。そんなことで胸が躍った。ミリアはカフェのテーブル越しにエルンストの唇にキスをした。恋人たちみたい、あたしたち、カップルみたいね、ミリアはわくわくした。どこにでもいる恋人同士が、カフェでちょっとしたキスを交わしてるのよ。

「ぼくたち、恋人同士なんだ」とエルンストは大きな声でウェイターに話しかけた。ウェイターはにっこりとした。

　エルンストはゆっくりとケーキを選び、一口で食べてしまった。ミリアがその耳に何かをささやいて、くすくす笑った。二人は幸せだった。カフェの入口が開きっぱなしで寒い風が吹き込んできたが、そんなことも二人には嬉しいのだった。外の気温を知らずに何年過ごしてきたことだろうか。

　今の二人には、自然に囲まれていると感じることがこの上なく大事だった。がやがやと騒がしく、煙草でけむたい街中のカフェにいて、車の喧騒に囲まれているのではなく、ひと気のない草原に座ってでもいるかのような気分だった。

ミリアがくしゃみをしたので、エルンストが席を代わって自分が入口の近くに座ろう、と申し出た。だが、ミリアは断った。

これで完璧なの、そう言って、もう一度くしゃみした。

ケーキを食べ終わると、ミリアが呟いた。

「あの子、今日で二歳になるの」

なぜミリアが脱走を決行するのに今日という日を選んだのか、エルンストにもようやく合点がいった。

五月二十五日？　エルンストが訊いた。

五月二十五日、とミリアは答えた。

2

十年後、正確には十年と四日後の五月二十九日、午前四時三十分。ヒンネルクという名の男は狭い路地裏から出てきた。そこには今、少年が横たわっていた。カース・ブスベック。

今すぐハンナを見つけなければ。ヒンネルクが家を飛び出した時に抱えていた欲求不満はカースとの短い出会いでは満たされなかった。今夜決まる、この世界を少しでも理解するためには、今夜が鍵となる、とヒンネルクは思っていた。彼は自分という人間をつぶさに研究しているような気がした。自分の内に眠る力がどれほどか、自分には何ができるのか、ヒンネルクはまだわかっていなかった。それでも、今夜の彼は、ひるまずに前へ前へと突き進まないでは、何にも答えられなかったのだ。背後にはすでに死体が一体、転がっている。それなのに、今は、罪を犯したあとというより、一つの出会いのあとという気がしてならない。

ヒンネルクは少々息が切れていた。わずかな時間ながら少年を相手に力をふるったので、うっすらとした疲労を身体の芯に感じていた。ヒンネルクは自分の力が信じられず、あまりにたやすくすべてをやってのけたことが、自分でも不思議でならなかった。

ヒンネルクは街の中心部、クルリク・プルヒ通りに向かって歩き出した。ハンナはそこで客を物色しているか、反対に客が彼女を探しているはずだ。ヒンネルクは、座礁船の残骸が漂着するようにハンナの人生にたどり着いたのだ。彼女との出会いは、わずかながらも安定と、人との接触と、落ちてしまうかもと恐れることなくよりかかれる場所を、ヒンネルクに与えたのだ。ハンナを通してヒンネルクは世界と、街とつながっていた。ハンナがいるから生きものとのつながりがあった。会話の相手がいるということには、計り知れない価値があった。ハンナと知り合ったことで自分の暴力性の半分は抑えられているということも、ヒンネルクはじゅうぶん承知していた。

　ヒンネルクは、頃合いを見て取り出せる宝のように、いつでも爆発する用意ができている暴力的なエネルギーが自分の内にあることに気づいていた。この時には、すでに、覆いが外れてそのエネルギーの半分、つまり〈あの欲望の半分〉がいよいよ姿を現すのが今夜になると、はっきりしていた。〈ほんとうのおれを見せてやる〉、群集の前に立ち、不敵にそう言う自分を夢見ていたものだ。あんなことをしてしまったあとでも、彼はこれくらいの犯罪ではまだまだ、という思いがあった。〈あれはまだほんの子どもだったのだし〉と。

　ズボンにたくしこんである銃の感触は一時も忘れないのに、今後名前を知ることもないだろうあの少年には、その銃すら必要なかった。クルリク・プルヒ通りに着いたヒンネルクの目がハンナをとらえた。男と一緒だ。テオドール・ブスベックだった。

　ヒンネルクは感じよく二人に近寄っていった。

第二十四章

エルンスト、ミリア、カース、テオドール

1

五月二十五日、ミリアとエルンスト・スペングラーの息子でありながら、法的な父親のドクター・テオドール・ブスベックと一緒に暮らすカースの二度目の誕生日、その朝にゲオルグ・ローゼンベルクを脱け出した男女は、いろいろと試みたものの、子どもの姿を見ることはかなわなかった。

テオドール・ブスベックの家の前には守衛がいた。この家には、確かに子どもが住んでいるという徴《しるし》——ミリアが石塀によじ登って覗きこみ、見つけた裏庭の小さな玩具が何よりの証拠

だ――を見つけたものの、ついに子ども本人は見えずじまいだった。

エルンストは興奮し、粗暴なふるまいを抑えきれなかった。ドクター・ブスベックに話があるという二人に肩をすくめただけの守衛を、慣れない手つきで小突いたのだ。

しかしながら、エルンストの暴力行為は、いわゆる〈身体的な支障〉のせいで目的は果たされなかった。ゲオルグ・ローゼンベルクの治療には筋力増強は含まれていなかった。身体を鍛えるはずの機械は本来の用途に使われることはなく、導入して数か月後には視力を鍛える機械となった。それは観察するため、窓から外を眺めるため、ひたすら待つためのものだ。その結果、エルンストの身体能力は著しく衰えていた。何かをつかもうとする手は長年つかまれたままだったし、何かを小突こうとしても、本人が小突かれるばかりだった。

対して、何度も小さく空振りをするエルンストを、門の前にいる男は一度だけ、強く押し返しただけだった。その力にエルンストのなえた脚は耐えきれず、彼は地面に崩れ落ちた。それでもエルンストは不器用に立ち上がった。押しとどめようとするミリアの手を払いのけ、もう一度守衛に向かっていったが今度はまともに殴られた。エルンストは倒れ、顔に血がつたった。

そして突然、泣き出した。

2

ミリアが初めて息子に会った時、カースはすでに四歳になっていた。その場には前夫のテオドール・ブスベックも立ち会った。

床に寝ていたカースは、父のほうに転がり寄って笑った。テオドールは言った。

「カース・ブスベック、起きなさい。この人はきみのお母さんだよ」

だが、カースは床に転がったままだった。

ミリアの状態はだいぶ改善されていた。かつてのある種のエネルギーは失われたか、あるいは体内のどこかにしまい込まれて、しばらく自分では取り出せないかのようだった。ミリアは、何にせよ行動することに怯えていた。たとえば、閉じたドア一枚が、彼女の身の丈を越える障壁となったりもした。混乱したこの世界は自分よりよほど頑丈で、どんなに小さな物でも、自分よりしっかりと地に足をつけているように見えた。自分のように簡単に床に投げ飛ばされたりしないだろう、と。

ミリアには、身の回りの物がやたらに大きく思えた。一本の瓶ですら巨大になっていたし、小さな物に対しては自分の身体が重すぎてうまく扱えなかった。身体がこんなに重くて何ができるというのだろう？

一度、ミリアはエルンストの部屋でいかがわしい雑誌を偶然見つけたことがある。そこにあった包みを何気なく開けてみたら、それが出てきたのだ。ゲオルグ・ローゼンベルク精神病院の男性患者の間ではポルノ雑誌が回覧されてはいたが、それが女性患者の目に触れることはめったになかった。ヴァナは別だ。すれ違う男たちのペニスをつかんではげらげら笑い、汚い言葉ばかりを吐いていた。

それでも、ミリアは驚いていた。自分の恋人の部屋にプレゼントみたいにポルノ雑誌が二冊包んでおいてあるなんて思いもしなかった。しばらくの間、いろいろな大きさのペニスが、女たちのヴァギナに、肛門に、口に突っ込まれている写真から目が離せなかった。女たちはふてぶてしくカメラをにらんでいて、ミリアとは別の世界にいた。別の女たちだ。

看護師たちも院内で雑誌が回っていることは知っていたが、院長から何かお達しがあったわけでもないので、とりあえずは黙認されていた。だれかが見せびらかさない限りは見過ごされていた。

「カース・ブスベック、起きなさい。この人はきみのお母さんだよ」ミリアが初めて息子を訪ねてきた日、テオドール・ブスベックは繰り返し息子に声をかけた。

だが、父親に何度呼ばれても、初めて会った母は、カースにはどうでもよいようだった。生気のない目をきょろきょろさせている、会ったこともない女のことなど。言いたいことがしっかりと言える子どもだったら、こう言っただろう。これは何もわかっていない人の視線だと。

何も理解せず、自分からは行動も起こさない人間の目だ、と。この時のミリアはゲオルグ・ローゼンベルクを退院してからわずか一週間しか経っていなかったのだ。病院の外で暮らすのはこれが二度目の試みであり、ミリアの視線は手で運ばれる荷物のようにのろく、力強さもなかった。

　そんな明晰な思考がカースにあったわけではないが、事実、父、ドクター・テオドール・ブスベックと、母だという女性の視線の強さには大きな隔たりがあった。父の視線は、知性を持つ金属の巻き尺のようで、向けた先に印を残していくのに、母だという人の視線には敏捷さがない。テオドールは、以前、父トマスから、その人の知性は視線の動きにおのずと現れると教えられていた。計算すればわかる、とトマスは言った、知覚する対象に向ける視線の速さから推察できる、年平均でその速度をはじき出せば、本人の知性のレベルがわかるし、それだけで、その人の知的生産性がどれくらいなのか、かなり正確な数値がわかる。初めてだれかに会う時は、ほんの短い間でも、その目をよく見れば、その知性にかなった適性がわかるものだ。言葉を交わす必要もない。その言葉を聞くだけでは足りない、ただの耳学問を披露しているだけかもしれないからな、と老トマス・ブスベックは断言した。協力者が必要な時には耳は塞いでおけ、その人間の目を注視するのだ、その目がどう動くか、その視線はどうやって物をとらえるか、ある物をどう見て、視線で包囲し、どう入りこんで出てくるか、あるいはそのまま残るか。視線の軌跡をたどれば、知性の軌跡と重なるはずだ。

「カース」とミリアは呼んだが、カースは振り向かなかった。

「カース・ブスベック！」とテオドールの声が厳しくなった。「お前のお母さんだ」

するとカースは一言、答えた。

「いやだ」

第二十五章

ハンナ、ヒンネルク、テオドール、ミリア、ゴトイェンス

1

ハンナはそろそろ心配になってきたころだったので、ヒンネルクの姿を見て安心した。娼婦の客にとっては気分のよいものではないし、なかなかない状況ではあった。二人の男性が、この場合はヒンネルクとテオドールという、女の「主人」と客が、面と向かいあっているのである。

テオドールは、父のトマスから、著名人は悪癖を躊躇なく世間にさらしておくことだという信条を教わっていた。そうでないと、脅迫のネタにされかねないから、と。そういうわけで、

テオドールは、もう何年も前から〈女性を訪ねていくこと〉について大っぴらに話していたし、堂々と風俗街を歩いて、名乗る必要があれば偽名でなく本名を告げていたので、この時も自然にヒンネルクに手を差し出して自己紹介をした。

「テオドール・ブスベックだ」

ヒンネルクは、その音になぜか聞き覚えがあった。理由を思い出す間もなく、ヒンネルクも手を差し出すと、相手は代金を払おうと、そっと懐を探っているところだった。

この状況に我慢ならなかったハンナは、二人の男たちの間に静かに割って入り、「あとで話しましょう」とヒンネルクに言い、「今はお客さんのお相手をしないとね」と悪女らしくほほ笑んだ。テオドールは〈独特な〉隈《くま》を持つ奇妙な男から離れ、ハンナのあとを付いて歩きながら、歩くたびに揺れる彼女の尻を見て異様なほどに昂《たかぶ》っていた。

反対方向に歩き出したヒンネルクは、数歩踏み出した時に、男の名前を耳にした時に覚えた奇妙な感覚の出どころがわかった。ブスベック。そういうことだったのか。身体が不自由なあの少年を思い出し、足を止めることなく小さな声で呟いた。ブスバーク。

いつのまにか、彼の両脚は、教会の方角に向かっていた。

2

「たとえあなたの肉体がそう望んでも、ゲオルグ・ローゼンベルクで過ごした日々を忘れることはできないだろう」

ミリアはベッドに横たわっていた。初めて下腹部に激痛を覚えた時のことで、ゲオルグ・ローゼンベルクに入院中、これ以上子どもを持たないように手術されたことを話した。

「あなたの合意なしに？」。医師がこう訊くのは二度目だった。

産婦人科医は古老というべき医師で、ドクター・ゴトイエンスといった。腰掛けて、またゆっくりと立ち上がると、厳しく、だが思いやりのこもった声で言った。

「本人の同意なしに、そんな処置が許される医師などいない」

「だれにも、何も、訊かれなかったんです」とミリアは言った。「もしかしたら何かの書類にサインはしたかもしれません。だけど、その時は朦朧としていたと思うんです。覚えていなくて」

ゴトイエンスも、そうした手術をしたことはあった。だが、ミリアの言葉を借りれば、彼女の「子どもをおしまいにする」手術は失敗していた。目的は達成していた、ミリアはもう妊娠はできなくなっていたのだから。だが、ほかの傷を残していった。ミリアは再手術が必要だった。ここ、とゴトイエンスはミリアの腹部を指して言った、ここの内側で、何かが悪い方向に進行しています。手術で、その進行を阻止できたらと思っています。

ミリアは、その一週間後、最初の手術を受けるためにまた病院にやってきた。その手術のあと、結局、数年の間にさらに三回手術を受けた。とうとう、病気の進行を分析していた医師に、もう打つ手はないと言われた。余命は、長くてあと二年だろうと。それ以上長らえたら、奇跡だと。その言葉を正確に繰り返すと、二年以上経っても生きていたら、それは〈治療ではなく、霊的なもののおかげ〉ということだ。

その言葉を耳にしたミリアの脳裏をよぎったのは、前夫テオドール・ブスベックの持論だった。その医師の口を通して、魂や神の探求を語る前夫の言葉が聞こえてきた。健康の第三の部分。物理的手段ではだめならば。

告知を受けた日の午後、あのもじりを初めて独り言で口にした。それは、ミリアにはもじりであると同時に暗い予言とも、対峙すべき唯一の運命とも思えた。

「ゲオルグ・ローゼンベルクよ、もしも、わたしがあなたを忘れるなら、わたしの右手はなえるがよい」

第二十六章

エルンスト

1

身体にやけに密着している、あるいは小さすぎるサイズの上着を着たエルンスト・スペングラーは、街を歩きながら聞こえてくる会話に耳を澄ませ、さまざまな言葉の端々をくっつけて、一つの話としてまとめようとしていた。たとえば、ネクタイ姿の男が職場の同僚に話している言葉に、通りの向こう側で十代の少女が二人の友だちに話している言葉をくっつけてみる。エルンストは、いつも、どれか一つの会話に意識がとらわれてしまわないように注意しながら歩き、街で聞こえてくる言葉をくっつけたり縫い合わせたりしながら、最終的にはそれを一つの会話にまとめようと苦心していた。言葉たちが集まって、みんなでたった一つの命令に従うなんて、〈戦時中みたいだ〉とエルンストは考えた。

　向こうのほうで、男たちが何かのゲームをしているように見えたので、急いで近寄ってみると、彼らは沈痛な面持ちで土の壺をトラックに載せているところだった。建物からは黒ずくめの男が一人出てきた。その男は明らかに仕事中で、徹頭徹尾、業務としてそこにいるのであり、一切の感傷がないのも見て取れた。つまり、こういうことだ。だれかが死んだのだ。二人組の男が棺を運んできた。棺はまだ空で、死んだ男だか女だかはその建物の住人だったのだろう。二人組は、棺の持ち込み先がここで正しいのか知りたがっていた。職業上、悲しみに満ちた表情を作っている生真面目な男のほうは、建物の玄関口のドアをできるだけ広く開けて、二人組と棺が通りやすいようにしていた。建物の住民と思われる老人が、大きな共同のゴミ箱を脇によけて、棺を運び込む二人組の肘がつかえないようにしている。

　エルンスト・スペングラーがゲオルグ・ローゼンベルク精神病院を退院してからすでに数年が経っており、この日、この町のどこか重要な場所で、彼の息子、だれもそうとは知らないが、紛うことなき彼の息子のカースが、五月二十五日に、エルンストは忘れたことがない、ミリアと初めて一緒に病院を脱出した日に、誕生日を迎えたのだ。

　一度だけ、ゲオルグ・ローゼンベルクの「仲間」と、賑やかな通りで偶然出くわしたことがある。エルンストにとっては、引き合わせた通りに悪意があったのかとすら思えるほど、忌まわしい偶然だった。エルンストは相変わらず、取り立てて言うところのない男のままだった。目立つところがあるとすれば、ただ一見して弱者だとわかるということだけで、周囲に比べると何かが足りないし、その不足を補うような長所があるわけでもない。芸術的に秀でているところもなし、病院をあとにする時に、英雄として社会に復帰できるようなことがあったわけでもなかった。彼の状態は、一定レベルの安定を保っていたが、ゲオルグ・ローゼンベルクで長年過ごした人間には、それだけでは不服だった。元患者はみんな、無意識のうちにもっと何かを求めていたのである。やりがいのある大きな責任、思いがけない発見、女性との出会い、あるいは子ども。子どもでもいれば、この日々を過ごす活力となり、長年待った甲斐があったと思えるし、〈何も起きない今〉という現実に耐えられただろう。しかし、エルンストには子どももいなかった。

　エルンスト・スペングラーの人生には、これまでの日々を埋め合わせるようなことは何も起こらないままだったので、自分の過去を知る人間に会うと、相手が男であれ女であれ、いつも粗暴で不穏なものが内側に渦巻いた。どんな再会であれ、それは相手に自分の弱みを知られ、また自分も思い知らされる機会でしかない。〈あんなにつらい思いをして、結局は平凡な暮らしを送っているんだな〉、と。ゲオルグ・ローゼンベルクの昔の「仲間」の二人に、〈公共の場〉、つまり街の通りで出くわした時のことだ。エルンスト・スペングラーだって、接触する相手が見知らぬ人であれば、この第二の人生で知り合って、彼がその前にはどこにいたのか、何に苦しんだのかを知らない人であれば、耐えることはできる。なんてことはないのだ。そうした人々に対しては、ただ健康で、無傷で、生きている、そういう自分でいれば、それでいいのだから。

　自分はだれかと関係を築き、友情を育んでいるのだと夢想しながら、エルンストは立ち止まることなく何時間でも街を徘徊した。普通の人々とまた接することができるように頑張ってきたのだし、それだけでなく、普通の日々ともなじめるように努力した。どう過ごすのかを人間が決めるのを、日々のほうが待っている。長い年月、それとは反対のことが当たり前となるように訓練されてきたのである。一から十まで規律正しく、秩序立てて、受動的に行動するように、と。彼の前に立ち現れる日々は、いつもすでに準備が整い、治療済みだった。薬学的にというより、工学的に。つまり、次の日というものは、すでに問題は解決され、組み立てられ、心を乱すものや過剰なものは排除されていて、日々の日課はこれ以上なく完璧に単純化されているものだったのだ。治療済み、あの日々はまさにそういう呼び方がぴったりだ。だが、そうした努力もむなしく、ゲオルグ・ローゼンベルクで過ごした過去は、その後の歳月に、一見すると自由で、病も外見からはわからなくなった歳月、そこにもその残滓《ざんし》を残していた。彼自身にとっても、他人にとってもありがたいことに、彼の頭は安全地帯にいた。それでも、まだ判然としないものは多かった。彼の内側の世界では、まだ帳尻は合っていなかった。エルンストは頭の中に堤防を築くことができず、ダムがあったとしても何も堰き止められなかった。ありとあらゆるものがぐるぐると巡り、ばらばらの思考が思いがけない形でくっついてしまい、時には危険な形を成した。彼の頭脳は、制御不能の混沌と化していた。冷静な思考ができず、何かと何かを分けて考えることがどうしてもできなかった。

ケーキを切り分けながら、エルンスト・スペングラーはこんな馬鹿げた思いつきに駆られて嬉しくなることすらあった。おや、この一切れをこっちから切り離すことができた、と。

2

エルンストがミリアとゲオルグ・ローゼンベルクの外で再会などしたら、とんでもないことになるだろう。一方が先に退院したことで関係は自然消滅していたので、長い間、二人は顔を合わせていなかった。あの世界と今いる世界が重なることなどあるはずがない。ゲオルグ・ローゼンベルクの内と外では言語が違うので通じ合うことはなく、院内と外部では単語一つ共通するものはないかのようだった。だから、エルンストもミリアも、今は別の言語で話し、別の国に生きているのだ。新しい言葉と習慣を身につけ、それまでとは別人となって第二の人生を生きていた。だれかが、彼らをしばらくの間ポケットにしまいこんで、ほかの人の目に触れないようにしていたのだ。そのポケットがゲオルグ・ローゼンベルクだったのである。

「ゴンペルツ院長はぼくらをポケットにしまいこんだ」と、かつてエルンストはそう語ったことがある。「嫉妬していたみたいに。ぼくたちを、街の人たちとは分け合いたくないみたいに。まるでぼくたちは危険な伝染病にかかっていて、しかもその病気は実体がある小動物であるかのように、人間の身体から身体へと飛び移ることができるかのように。大勢が死んでしまう疫病のように」

　でも、そんなことはないのだ。ここの人たちはただ、頭がおかしいだけなのだ。

「ぼくはなんの伝染病にもかかっていない」とエルンストは思った。「ただ、頭がうまく動かない、それだけなんだ」

　ゲオルグ・ローゼンベルクの治療からも習慣からも離れたエルンストは、時を経るごとに病院での扱いを思い返して腹を立てるようになっていた。当時はそれ以外にないと思いこんでいた方法は（しかも入院中に彼はそれを称賛したことすらある）、今のように自由な街の中にいると、普通の男たちや女たちに紛れて歩いていると、何もかも不適切だったし、暴力的ですらあったと思えてきた。エルンストが、というより、院内の〈客〉たちのだれもが、ゴンペルツ院長のことを仰ぎ見て、特別な存在として一定の距離を置いていたのに、それが次第に、院長は追跡者のような、エルンストが幼いころから怖がっている人のようになってきたのだ。童話に出てくる海賊も、悪党も、〈追いかけてくる男〉ほど怖くなかった。しかも、その男は一見無害に見えた。〈追いかけてくる男〉は、いつもだれか一人に狙いを定めているようだった。標的には、知らぬうちに目に見えない印がつけられていて、そうなると、もう逃れられない。追いかけられていることと同じくらい恐ろしいのが、絶対に捕まることがない、ということだ。エルンストは、小さいころ、童話などの読み聞かせで子どもが悪者に追いかけられている場面になると、その子が逃げるのをやめて、くるりと振り返り「ぼくはここだよ。もう追いかけなくていいから、捕まえてよ」と言っているところを想像して、自分をなだめていた。なぜなのかエルンストにはついぞ理解できなかったが、ミリアが出産してからは、ゴンペルツは彼一人に標的を定めて、法律にも規律にも規則にも違反しない形で、追いかけてくるようになった。エルンストには、あのおぞましい印がつけられてしまったのだ。逃げる側だという印。さらに理解に苦しんだのが、ミリアへの待遇である。子どものことや、離婚のことなど、いろいろあったあとのミリアに対する監視は、さらに暴力的になった。ミリアに仕掛ける悪意に満ちた行為のすべてが、この分野では卓越した名声を誇るゲオルグ・ローゼンベルクの自然療法の一つであるかのように見せかけているものだから、当のミリアですら受け入れていたのである（「みんな、あたしのためなのよ」）。退院後数年が経ち、自分という存在に強く関わっていたミリアともみんなとも遠く離れたところに身を置いて、ようやく、ドクター・ゴンペルツをはじめとする職員たちの行為を、当時とはまったく違った目で見るようになっていた。彼らに助けてもらったことなど一つもないし（受け取ったものもない）、治療をしてもらったわけでもない（何一つ返してもらっていない。かつては持っていた〈何か〉を受け取ってもいない）、あそこにいた人たちは、院長だろうが、いちばん下っ端の仕事をする人間だろうが、全員が全員、彼のことは給料の出どころとしか思っていなかったのだ。ゴンペルツにいたっては、腐りきったクソ野郎だと、エルンストは疑いもなく信じていた。

　ミリアと「事故」を起こしてからというもの、エルンストは厳しく追われつづけた。日々の恐怖を浸透させ、彼の存在を脅かしていたその追手こそ、ゲオルグ・ローゼンベルクの院長、ドクター・ゴンペルツだったのだ。その事実が、ようやくエルンスト・スペングラーの眼前で明確な形をなしたのだった。

3

　その日、五月二十八日。カレンダーを見ながら、あの子は今日十二歳になるんだ、ぼくとは関係ない名前を持つ、ぼくの息子のカース・ブスベックは、と一人で呟いたその三日後、非人道的な扱いを受けてきた長い歳月の埋め合わせになどなるはずもない普通の日々を過ごしつつ、膨らむ不穏な感情に耐えられなくなったエルンスト・スペングラーは、子どもの時に思い描いていたことを実行に移すことにした。今でも感じている、追われる恐怖に終止符を打つために、逃げるのはやめて、身体を半回転させ、追跡者に面と向かうのだ。息子を探すのはそのあとになる、その子と話をし、事の次第を説明するのは、そのあとだ。カース。

その朝、五月二十八日、親戚の好意で何年も間借りしている小さな屋根裏の小部屋でのろのろと朝食を食べたエルンスト・スペングラーは、自分が住む建物の階段を下りて外に出ると、急ぎ足ではないが、寄り道もせず、ひたすらまっすぐにゲオルグ・ローゼンベルクへと向かった。いまだに夢の中にまで自分を追ってくるあの男、ゴンペルツ・ルーリッヒと話さねばならない。

第二十七章

テオドール

1

五月二十八日の朝。十二歳になって間もないカース・ブスベックはいつもどおり登校している。学費がたいそう高い特別な学校だが、そのおかげでカースの話し方も、脚の動かし方も、改善されてきている。

その同じ街の違う通りを、カースの実父だが法律上は他人のエルンスト・スペングラーが、ゲオルグ・ローゼンベルク精神病院へと向かって歩いている。病院には何年も足を踏み入れたことはないし、仲が良かった仲間の見舞いに訪ねたことすら一度もない。

おぼっちゃんのカース・ブスベックは学校に入り、いつもどおり優しく迎え入れられた。障害のある子どもなのだ、剛健な大人たちはあらん限りの同情を示し、できるだけ大事に扱おうとするだろう。なんといっても、かのテオドール・ブスベックの子息なのだ。父の業績のあとを継いだテオドールは「今年の顔」に選ばれたばかりだ。ブスベックは、数十年間没頭していた研究の成果をとうとう出版していた。各巻八百ページを超えるが、著書本人の強い希望により、全五巻が同時に出版された。数か月にわたって、専門誌以外の雑誌でもテオドール・ブスベックの研究の結論について特集を組んだり、分析したりしていた。一巻から四巻までは、長い歴史の中で虐殺された犠牲者について収集した途方もない量の情報と事実が掲載されている（第一巻の「まえがき」でブスベックはこう述べている。「私は戦争そのものについて記すつもりはない」、「力の差が歴然だったとしても、相対する二つの力の間の闘争には、私には関心がない。私の関心は、弱者を前にした際、強者がいかにふるまうかに尽きる」。ブスベックの定義によれば「強者」とは「他者に危害を及ぼす力を所持する者」であり、「弱者」とは「力を持たない者」あるいは「近隣の者を危険な状態に陥れる可能性がない者」である）。

　第一巻で、ドクター・ブスベックは、この強弱の概念は、互いに隣接する者に関する、と説明を加えている。つまり「強者」とはすぐ隣にいる者と比較して強いということである。また、弱者側の人民、つまり「侵入者である群衆を危険な状態に陥れる可能性がない」者が「善良な人民」であると考えるのは誤りであると、この点についてブスベックは強調している。この事実は、一方、つまり犠牲者の善良性と、もう一方、つまり処刑人ないし加害者側の邪悪性には、一切の関係がないからだ。単に、〈可能性〉の問題なのであって、意志や欲望の話とは違うからだ。片方と比較して弱い人民は、急速に――歴史的なレベルにおいては一世紀以内に――、強い人民となる場合もある。その間に軍備を強化したり、あるいは、さらに弱い者に近づいたりすればよいのだ。こうして、テオドール・ブスベックは、受難者という烙印を背中に押されている人民も、つねに危害を及ぼす傾向がある人民というのも、存在しないということを研究によって明確にした。「当然」と、ブスベックは、その著書で強調してもいる。「歴史上のある年、ある時を秤にかけてみれば、特定の人民が受けたとされる苦難には不均衡が検知されるであろう」（ブスベックは「苦難をもたらす人民」と「苦難を受領する人民」という語を使用した）。どう分析しても検知されるであろう、この「不均衡」とは、ブスベックにとっては「歴史がまだ終了していない」ことの証だという。さらに詳細に言えば、「恐怖の歴史はまだ始まったばかりだ」と。「恐怖はまだ終了していない」とブスベックは繰り返した。「今後の数世紀で、多くの人が虐殺されるだろう」、今後、「まだこれから、数百万人が死ぬだろう」と。

2

ブスベック説の論旨の中で、識者の間で喧々《けんけん》囂々《ごうごう》の論争の的となったのが「〈人民A〉が

〈加害者A〉〈被害者A〉となった時、つまり加害・被害の人数が完全な一致を見た時にのみ、歴史は終焉を迎える」という説である。その時点で、その人民は最高潮に達しはするが、そこが限界だということだ。彼らはそこで終わる、さもなければ、平衡を失った世界そのものが消滅することを意味する。暴力を受ける側と与える側の差がゼロになるからである。

　この長大な論文の明瞭かつ現実的な結論は、最終巻でようやく示される。人類の暗黒の行く末を予言するかのようなこの不吉な結論は、大きな議論を巻き起こした。ブスベックは、背筋が寒くなるような数字と事例を延々と連ねたあとに、各人民が今後受けるであろう苦痛のレベルと、今後起こりえることを予言してみせたのである。テオドール・ブスベックは、最終巻の一章を使い「今後虐殺の標的となりえる人民」と「無辜《むこ》の民を大量死に至らしめる人民」を列挙したのだ（これを「粗雑」、「不要な解説」と評する研究者もいた）。

　この「恐怖の歴史」において、事実上中立の立場をとる人民があるとすれば、それは、彼らが、歴史上の虐殺事件に加害者としても被害者としても長い間無関係であったことを示すか、あるいは、反対に、この暴力的な歴史の中心につねにいることを示すのだという。この人民については、社会学の分野でも研究されるべき対象となるだろうとブスベックは述べている。

　自分が属する人民の名が、これから虐殺される、あるいは虐殺する側になるとはっきりと記されて、どこのだれが平静でいられるだろうか、反論もせずに受け入れられるだろうか？　そんな予言をどう受け入れろというのだ？

その不吉なリストに入れられた人民の学者たちはすさまじい非難を論文に浴びせたが、それはテオドールの想定内のことだった。続く数年間でこの一連の流れについて考察しながら、テオドールは、「加害者」になると予言された人たちと「被害者」になると予言された人たちの反発がほぼ同じくらいだったのは興味深いことだと思った（その予言のリストには、数字も量も明記されていた。「彼らの約六十万人が殺されるだろう」とか、「百五十万人を殺すだろう」ということまでブスベックは書いていたのである）。いわゆる「中立」の立場にあるとされた国の研究者からはそこまで強烈な反応はなかったのだが、将来「虐殺者となる」あるいは「虐殺される」と言われれば、どちらも同じように侮辱されたと感じるらしいこと、「自分たちが、あるいは自分たちの子や孫の世代が犠牲になるかもしれないし、危害を加えるのかもしれない」ことに対して錯乱に近い恐怖を覚えるのだということに、ブスベックは気づいた。「被害者」あるいは「虐殺者」となることには、いずれも（未確認の生理学的な理由により）類似の、もしくは少なくとも同じ線上の、完全に対称の恥辱を感じるのかもしれない。相反する二つのものが同一となる一例である。

これは、集団の「歴史」にせよ、個人の「歴史」にせよ、苦痛を受けることと与えることとの間で釣り合いを取りながら進むのだという、テオドール・ブスベックによる、いわば「科学的予知」の確かさを後押しすることとなった。世界とは善と悪のせめぎ合いであり、巨大なものと微細なもの、全体と個人、その間の差がゼロに到達すると反発力が相殺される。そこが世界の終わりの時であり、それぞれすべての終わりの時なのだ。

　この理論を個人に適用すれば、「いつ死ぬのか推測することができる」ことになる。「まだ先のことかもしれないし、すぐやってくるのかもしれないが、その日に、一人の人間が世界に対して送り出し、受け取った善と悪のレベルがゼロになる」からだ。とはいえ、テオドール・ブスベックは、自分が推奨する「予言」めいた論理をもって、自身が他人に与え、あるいは与えられた苦悩を秤にかけてみたことはなかった。この論理や、世界や歴史に関する研究を個人に適用した際の結果に自信がなかったというわけではない。暴力的な行為をした時も、受けた時も、それがどれほどだったのか記録していなかった、ただそれだけだ。自分の人生の終わりは「サプライズ」で迎えたかったからだ。事実、テオドール・ブスベックは、自身の論文に絶対的な自信があった。その信念たるや、もはや理性を越えて宗教がかっていたほどだ。「一つの例外もなく」、すべてがこの論で説明できる、とでも言うように。

　同分野のほかの研究者たちがこの論文に科学的見地から反駁《はんばく》していたのに対して、ある一人は、テオドールに語りかけるようなくだけた口調で論じた。

「ブスベック、きみは科学者であるだけでなく、信者なのだね。だからこそ、きみの論にはこれほどの重みがあるのだ。信仰心から溢れ出るエネルギー、きみはそれを自分の専門分野に注ぎこんだのだ。一方で、われわれは、神から授かりしものがない一介の科学者にすぎないので、科学の域をもってしか、きみの論に応えることはできない。だから、いくら議論を戦わせても無駄なことだ、われわれに勝ち目はないのだから」

国の主要紙に掲載されたもう一つの文章には、もっと悪意があった。専門は生物学よりなのでテオドールとは別分野ではあるが、非常に高名な学者が寄稿したものだ。彼は、例の「リスト」に名を挙げられた国の出身でもあった。彼は、ブスベック説の論旨を一つ一つ潰していった。

「親愛なるドクター・テオドール・ブスベック、われわれは互いに知己を得てはいないが、こう呼ぶことを許していただきたい。貴殿は、その量においては称賛に値する膨大な数字を集めて行なった研究と、拙速に導き出した結論によって、自身が真の科学者ではない、それどころか、こんなことを公の場で言うことを許してくれたまえ、狂人であるということを、世間に知らしめた」

そして、この街に住むだれもが読むその新聞に掲載された、この寄稿記事の最後は、侮辱的な言葉で締められていた。

「それゆえ、貴殿とは科学的な論拠に基づいて議論することはできない。ただ、入院を勧めたい。何ぶん貴殿はその道の専門家だ、自身の声に従って入院したほうがいい、たとえば、かの有名なゲオルグ・ローゼンベルク精神病院だ、もとのご家族が入院されていたのだからよく知っているだろう。非常に優秀な専門医とともに過ごせば、貴殿も常識とまっとうな思考回路を回復するだろう。あの病院にかかれば、貴殿と親交のある人たちの科学的な思考をも回復するはずだ。こんな宗教じみた嘘八百を出版するなど、血迷っていたと気づくだろう」

3

締めくくりにこそ意地の悪さがにじみでてはいるが、本文には説得力があったし、何よりも高名な科学者が書いたこの記事をきっかけに、テオドール・ブスベック説への世間の反応が一変した。この記事が、論文の結論、推論、参考資料に対する一斉攻撃の火蓋を切ったのである。ブスベックが研究人生のすべてを注いで書き上げた全五巻の論文が世間に最初に与えた衝撃は見る見るうちにしぼみ、数年で「少し頭のおかしな人が書いた奇書」となり、その内容は特定の人民を「忌まわしくも侮辱的な結論」に関連づけていると言われるようになった。「今年の顔」だった男は、その後は意図的に世間から忘れられ、無視された。以降数十年にわたって、論文が新たな話題を呼ぶことはなかった。初版は売り切れにまでは至らなかったが、売り出し当初の衝撃があったために、その後も書店や古書店では、すでに古くなったテクノロジーを扱っている本や、一時流行したレシピが載った料理本などと一緒のコーナーで、五巻ばらばらで売られていることもあった。要するに「一昔前の流行本」ではある、ということだ。ブスベックの次の世代のころには、初版本（とはいえ初版しかないのだが）は書店でも古書店でもなかなか五巻揃って並ぶことはなくなり、全巻揃えば「古物」としてそれなりの値段にはなるだろう。またその次の世代になれば、コーヒー二杯分くらいの金で、彼の研究が記された本を買えるようになっているだろう。

第二十八章

カース、エルンスト、ゴンペルツ

1

五月二十八日の朝。十二歳になって間もないカース・ブスベックはいつもどおり登校している。学費がたいそう高い特別な学校だが、そのおかげでカースの話し方も、脚の動かし方も、改善されてきている。

その同じ街の違う通りを、カースの実父だが法律上は他人のエルンスト・スペングラーが、ゲオルグ・ローゼンベルク精神病院へと向かって歩いている。病院には何年も足を踏み入れたことはないし、仲が良かった仲間の見舞いに訪ねたことすら一度もない。

カース・ブスベック少年は学校に入り、カースが一度も会ったことのない父親、エルンストは、街の違う場所で、かつての我が家だった場所でまだ院長の座にあるゴンペルツの院長室に入ろうとしていた。

エルンストは受付で長時間待たされた。院長は、あなたが来ていることをご存じです、承知しておられます、と秘書はそう言ったが「仕事を一つ片付ける必要があるそうで、それが終わればご応対します」ということだった。エルンストは、昔も同じように何時間も待たされた控室に座り、きょろきょろと周りを見ながら、ずっと前から頭の中に浸みこんだ映像、「後ろ向きな気持ち」になるから頭から締め出そうとしてきた映像を、今は思い出そうとしていた。住んでいる「客」ではなく、訪問客として以前と同じこの場所にいると、いろいろな細部がそれまでとは違う目で見えてきた。

かつてと寸分変わらぬ場所では、時間が止まったかのようにまったく同じ場所に置かれたままのものもあった。十年以上前から知っている灰皿が、今でも同じ小さな家具の上にあるのを見た時に受けた感覚は、手品を見た時と同じものだった。ゲオルグ・ローゼンベルクと、特にその院長には、普通に流れる時間を止める能力があるかのようだった。それどころか、入院していた数年間、日常的になんとなくあった感覚はこれだったのだと思い当たった。止められる。ここを出てから「世界」に受け入れてもらえるように、それなりの速度で動けるようになるために、エルンストは病院に留《と》め置かれた。今、面会してもらうのを待つ間、十年前と変わらずそこにある灰皿を両の眼で見つめながら、エルンストはまざまざと理解した、要するに動きの速さ、それなんだ、と。今のエルンストはあの時より歳を取っていた。世界に戻ってみると、そこはもう同じ世界ではなくなっていた。エルンストは、体力がある時には世間から隔離され、体力を失ってから現実世界にふたたび放り出されたのだ。そうエルンストは感じていた。世界は今や、ずっと力強くなっていた。彼自身が力を失ったからだ。

　エルンストは、あれ以来ミリアと会っていなかった。彼がこの「邪悪な」場所にやってきた「肯定的」理由とは、まさにゴンペルツ院長先生にミリアの住所を訊ねるためだった。ミリアとふたたび連絡をとって、彼女はカースと定期的に会っているのかと聞きたかったし、さらには、彼も――法的にはカース・ブスベック少年とはなんら関係のない男だが――息子に会えるだろうかと訊ねたかったのだ。一時間だけでもいいから、と。この数か月間、エルンストの頭を占めているのはこのことばかりだった。息子に会いたい！

　息子のカースは健康なのだろうか？　この不安がエルンストを捕らえて離さないのだ。そのほかのことは、考えないようにしていた。

　それでも、「研究者」のテオドール・ブスベック、ミリアの前夫を介して息子に近づく勇気はなかった。この男のことを考えるとどうしても気持ちが乱れ、劣等感に苛《さいな》まれるので、近づくなどもってのほかだった。どうしたらよいか、エルンストは考えぬいた。ミリアがどこにいるのかわかれば、彼女であれば、必ずや息子と会わせてくれるだろうし、話もさせてくれるだろう。

だが、エルンストのこの望みの前に立ちはだかるものが一つあった。ミリアに会うことは、狂暴な道へと戻ることになる。夢の中でもしつこくつきまとってくるあの男、ゴンペルツに会うよりも、もっと狂暴なことになる。ミリアにまた会えば、ゲオルグ・ローゼンベルクのあの日々とまた向き合うことになる、せっかく過去のものになったあの日々を思い出すことになる。

ようやくドアが開いた。ドクター・ゴンペルツがそこにいた。

第二十九章

エルンスト、ゴンペルツ、ミリア、ヒンネルク

1

「これはこれは、エルンスト・スペングラーくん！　久しぶりだね。だが、ほら、きみの名前はすぐに出ただろう。いやいや、元気そうじゃないか、え？」

　この男の姿を見た瞬間に、エルンストは吐き気に襲われた。そのなよなよした手に触れると、ますます気分が悪くなった。〈この手はぼくを侮辱している〉、そう感じて、握った手を急いで引っこめた。

「さあ、入ってくれたまえ、エルンスト・スペングラーくん、『卒業生』が訪ねてきてくれる

ことは、そうないことだからね、どうぞ、椅子に掛けてくれ。少し話そうじゃないか。まるまる十分間、きみのために時間を作ったからね。だいぶ待たせてしまって悪かった、だが、ご存じのとおり、仕事が忙しくてね。顧客が次々連絡してくる。入院の申し込みは多いのだが、うちの空きが少なくてねえ。とはいえ、これもうちの評判の高さのおかげだね。きみがいた当時から評判は良かったのだが、このところまた、ぐっと申し込みが増えてきているのだよ。

　エルンスト・スペングラーくん、こうしてきみの名前を呼べるのは嬉しいよ。エルンストくん、きみは最高の病院にいたんだよ。あれからだいぶ経ったなあ、何年になるだろう？　このところは年の経つのが早くてね、すぐに混乱してしまう。だが、もうだいぶ経っているはずだ、それはわかる。相変わらず、うちの病院は最高だ、それは胸を張って言える」

　ゴンペルツは口を閉じた。

　ゴンペルツは緊張しているのだ、怖気づいているのは、エルンストだけではないのだ。院長然とした態度も、会ったとたんの立て板に水のようなお喋りも、自分の権力と、〈まだ頭は鈍っていない〉ことを見せつけるためだけではなかった。次々にエルンストに向かって投げつけてきた言葉（そう、投げつけた、という表現がまさにぴったりだ）は、何も変わってはいないということをエルンストに誇示したかったのだ。院長は、まだ身体も頭もぴんしゃんしているぞ、と。昔に比べて老けたと思うかもしれないが、それは見かけだけだ、外見にしたって、ゴンペルツ院長は何も失ってはいないのだ。とにかく、何よりもまず、ゴンペルツ院長が伝えようとしていたのはこれだけだったのだ。自分は今でも支配者なのだ、と。

「それで、エルンストくん、きみはどうしているのかね、今日の用向きはなんだろう？　どうしているか、きみの話を聞かせてくれたまえ。ここで過ごしていった人たちのことは、彼らが死ぬ時まで私の気がかりだからね。われわれは、昔の小学校教師のようなものかな。ここを巣立った子どもたちがうまくやってくれれば、それだけわれわれがよい仕事をしたという証となる。われわれは、心優しい小学校の教師にすぎないのだよ。エルンスト・スペングラーくん、これは信じてほしい、きみにまた会えて心から感激しているのだ。元気そうで何よりだ。さあ、きみの話を聞かせてくれ、仕事はどうしているんだい？」

　スペングラーはちょっと口をつぐんでから簡単に近況を伝えると、そのあとはがらりと声音を変えた。

「院長先生にもう一度会わなくては、と思ったんですよ。ここ何年も、先生のことが頭から離れなくて」。その口調に攻撃的な気配を察知したゴンペルツが口をはさんだ。

「それは当然だ。ここで過ごした年月は生易しいものではなかっただろう。きみの頭脳の働きも万全ではなかったのだから、われわれも時にはきみに対して厳しく接せねばならないこともあった。ある程度の秩序がなければ、何ごともうまく運ばないからね。あれは治療の一環だったのだ、悪く受け取らないでほしいのだが……」

「取り急ぎ」とエルンストは院長の言葉を遮った。「ここに来たのは、ミリアの住所を知りたいからなんです」

「……」

「現住所を登録していることを、知っているんですよ」

エルンストとゴンペルツは同時に口をつぐんだ。ゴンペルツは、これから大事な話をする時の癖で、机の上の書類を指で触っていた。

「すまないが、エルンスト・スペングラーくん、それはできない。ここの規則に反する」

エルンストはゴンペルツを見つめる視線を外すことなく、じっと黙ったままだった。

「昔の患者の住所を他人に漏らすわけにはいかない。直系の家族なら話は別だが、きみの場合は違う。いずれにせよ、ミリアがどこに住んでいるか、われわれも知らないのだよ。当然、彼女のことはよく覚えているのだが、現在はまったく消息不明だ。今、何をしているかも、どこに住んでいるのかも、知らないのだ」

ゴンペルツが話を終えると、また沈黙が部屋を覆った。

「ほかを当たってみてはどうだい。名前から調べがつくのではないかな」

「できませんでした」

「それは残念」とゴンペルツはもぐもぐと言いながら椅子から立ち上がると、これで会話は終了、という態度を露骨に出した。「とりあえず、きみの連絡先は置いていってくれたまえ。何かの拍子にミリアの居所がわかるかもしれないし、その時には……」、そう言ってから、ゴンペルツは親しげな笑顔を向けた。「ちょっとくらい規則を破ってもかまわないだろう」

エルンストは本能的にその言葉に服従し、すぐにそれを後悔しつつもゲオルグ・ローゼンベルクの院長が差し出してきた紙に自分の住所と電話番号を書きつけた。

「ミリアにもう一度会うことがどれだけ重要か、院長にはおわかりですか」

「もちろんだよ、心配は無用だ、エルンスト・スペングラーくん。私の心臓は鉄でできているわけじゃあないんだ、勘違いしないでくれよ。きみたちがまた会えるよう、できるだけのことはしよう。それは確かだ」

その言葉を耳にした時、エルンストはすでに院長室のドアから一歩出たところにいたが、振り返った。

「なぜ、ぼくがここに来たと思いますか？」

ゴンペルツは柔和な笑みを浮かべて、話を聴こうとしている顔を作ってみせた。

「覚えていますか？」と、エルンストは話を続けた。「いつもぼくたちに言っていたことを。人の心の健康状態は、その人が何をするかではなくて、何を考えるかでわかると言っていましたね。ぼくたち一人一人に質《ただ》したでしょう、何を考えているのかって。その質問がどれだけぼくたちを怖がらせていたか、覚えていますか？　心の均衡を取り戻した今のぼくがそんなふうにまた聞かれたら、どう答えると思いますか？　ここのところずっと、あなたを殺すことを考えているんですよ。この欲求を断ち切るため、どうしたってあなたに会わなければいけなかったんです。そして、今はもうすっきりしました。ここで断ち切れたんです。ゴンペルツ先生、今日、ぼくはずっとあなたのことを注意して観察していたんですよ、その顔、その仕草を。あなたは年寄りだ。ただの年寄りなんです、おわかりですか？　もし、街のどこかでだれだか気づかないまますれ違ったら、虚弱なぼくでも、よぼよぼのあなたに手を差し伸べずにはいられないと思う。あなたのことを考えるのは、もうやめにします、先生。ぼくの追跡者は、なんてことはない、年寄りだったんだ。わかります？　ぼくが喜んでいるのが、理解できますか？」

2

ミリアはモルトケ通り七十七番地の二階に住んでいた。固い椅子に腰を下ろして自分の人生の基盤となる言葉はなんだろうと思いを巡らしていた。痛み。痛み、これこそあたしの人生の核となる言葉。

昔に手術を受け、その後二回目を受け、結局四回の手術を受けた。その結果がこれだ。あの音、身体の芯、骨髄から聞こえる音。病気になるということは、痛みにどれだけ耐えられるかの実験を受けているようなものだ。あるいは何やらの神に近づきたいことをどれだけ表明できるか。ミリアは一人で呟いた。教会は夜には閉まっている。

五月二十九日の朝四時、ミリアは眠れない。腹部の痛みがおさまらない。つねに痛むのは胃だが、それより少し下の腹部全体が激しく痛む。痛みってどこか一点からくるものじゃないの？　たぶん胃の下、子宮からきている。はっきりしているのは、もう朝の四時だというのに、一睡もしていないということだけだ。死ぬかもしれないと怯えながら、目をつぶるなんてできるわけがない。

その日の午後、あの電話があったのだ。ドクター・ゴンペルツ、もう何年もあの声を聞いていなかった、ふたたび耳にしただけで吐き気を催したあの声、ゲオルグ・ローゼンベルク精神病院の院長の声。

「エルンスト・スペングラーの電話番号を伝えるために連絡しました。彼は午前中にここにやってきましてね、なんとしてもあなたと話がしたいんだそうで」。「またあなたの声を聞けて嬉しい」、「健康をすっかり取り戻したことはその声を聞けばわかる」などと、ゴンペルツは「温かい」挨拶を述べてから、ようやく用件を告げた。

おかげさまで、あと数か月で死ぬ予定です、という言葉が出かかったが、黙っていることにした。

なぜ職員でなく、院長自ら電話をかけてきたのだろう？

その後、その日はずっと気分が悪かった。あの男の声がいつまでも耳に残り、何か異物が入ってしまったかのようで気持ちが悪く、掻き出したくて耳に指を突っ込んだりもした。あのクソ野郎！と呟いた。

　昔だったら、頭の中の嫌なことは無視する術を心得ていたのに、突然それができなくなった。あの電話のせいでミリアの頭は混乱し、ゴンペルツの声のせいで、新品のテーブルの上に古いものを載せられて汚されたような気がした。「食べないといけませんよ」、お腹が空いていないと言うと、病院の食堂でそう何度も何度も言われたことが思い出される。ミリアの頭の中がぐるぐると回りだした。ゲオルグ・ローゼンベルク、ゲオルグ・ローゼンベルク精神病院の正面玄関、床に落ちた本、「大事な本なのに」と頬に受けた平手打ち、聖書、聖書のページがある時ホチキスで閉じられていた、これをやったのはだれだ？　数ページずつホチキスで留められた聖書、聖なる言葉がつらつらと書かれたごく薄い紙、こんなにたくさんの言葉がくっついていて、それが聖なるものと言われるって、なんでだろう？　たまたま聖なる言葉がみんな一緒になってるって、すごい偶然じゃないか？　ホチキス留めされたゲオルグ・ローゼンベルクの偉大なる本、どれより聖なるものをぴたりと当てる乱暴なゲーム。職員の一人が聖書のページを破らないようホチキスを外している姿を見て、笑いだす狂人たちもいた。「伝道の書」もだ、あのズベ公！　聖マルコ、聖ルカ、ローマの信徒への手紙、コリントの信徒への手紙一、ぜんぶぜんぶホチキスで留めてある、あの阿呆女！　コリントの信徒への手紙にもあったはずだ、「最後の敵として、死が滅ぼされます」って書いてあるはず、でも、それじゃない、大事なのはこっちだ。「どんな体《からだ》で来るのか」だ。

ミリアは急に体をねじった。また痛みが骨髄から伝わってきたからだ。朝の四時、眠れないままで、「どんな体で来るのか」？

ゴンペルツ先生は、日曜日にはよく患者たちに聖書を読んで聞かせることがあった。信仰は思考を救い、肉体を救うのだと言って。自らを犠牲にせよ、されば救われん、って。「わたしたちは皆、今とは異なる状態に変えられます」、コリントの信徒への手紙一、十五章五十一節を引いて、そんなことを言っていた。「わたしはあなたがたに神秘を告げます。わたしたちは皆、眠りにつくわけではありません。わたしたちは皆、今とは異なる状態に変えられます」と、偉そうな口調でゴンペルツ先生は説教を垂れていた。これも治療法の一環、医療的行為だと言って。「今とは異なる状態に変えられます」。さらにはマタイの書の四章一節だ。「さて、イエスは悪魔から誘惑を受けるため、〈霊〉に導かれて荒れ野に行かれた。そして四十日間、昼も夜も断食した後《のち》、空腹を覚えられた」

「空腹を覚えられた」、ミリアはそう呟いた。

3

ミリアはすでに外にいて、とにかく一刻も早く教会に入らねばならなかった。緊急事態なのだ。エルンストの住所はすぐ近所だったが、エルンスト・スペングラーに会いたくはなかった。もう何年、顔を合わせていないだろう？　会いたいとは思わなかった。もう別の世界に来たのだ。昔に戻りたいとは思わない。

紙片を見つめた。エルンストの住所と電話番号。エルンスト・スペングラーは、ゲオルグ・ローゼンベルク時代には、美男子とも言える顔立ちをしていた。恋をしたのはあの顔に惹かれたからだ、女は相手の顔を見て別のものを読み取るんだから、とミリアは呟いた。顔の下にはもう一つの顔があるのだ、二枚目の皮膚、感情の皮膚が。エルンストは顎が細く、いつもまっすぐ前を見ている目が、戦場にいる将校みたいだったのだ。〈目でジェスチャーするのね〉と、彼を観察して思ったりもした。二人はゲオルグ・ローゼンベルクの庭の木陰でキスを交わした。興奮が首筋に伝わった。エルンスト・スペングラーはハンサムだ、と頭のおかしなグローリは言った。ミリアは自分の気持ちをごまかして、そんなことないと言った。

人影がほとんどない夜、ミリアは一人のホームレスとすれ違った。ホームレスがぎょっとして、知るもんかと言う。教会だって？

〈起きて、子供とその母親を連れ、イスラエルの地に行きなさい。この子の命をねらっていた者どもは、死んでしまった〉。マタイによる福音書、二章二十節。

　この時間だと、教会は閉まっているのかしら？　教会だって？


　平らな靴が地面についている。また顔がある、でもそれは彼女の恋人の顔じゃない。ゴンペルツの顔だ。元気になるための手術をされた。ゲオルグ・ローゼンベルクでは、春に死ぬ人はいないんですよ、心配しないで。よくある手術です、そう言った。

　カースのことを考えた。あたしの息子。数日前に十二歳になった。母親には、その日の夕方に会える権利があった、美しい子だった。いや、それは嘘だ。美しい子、ではない。顔は、美しいとも言える、エルンスト・スペングラーのように、美しい顔立ちをしてはいる、エルンスト・スペングラー、でもそのほかは美しくはない。あのおかしな足の引きずり方、喋り方、あたしの息子は馬鹿にされないように守られないといけない、ほかの人たちの前で歩いてはいけない。大人になるまで、じっと座って待っているように。

　時々、ミリアはどうしようもなくこう考えてしまうことがあった。息子のことで心が動くことはあまりない、あの子からは気持ちが離れてしまった。あたしにとって、あの子はだれなの？　盗られてしまったのだもの！　カースはいい名前だとは思うけれど、あの子を自慢に思うことはない。

「教会は閉まっていますよ。今何時だと思っています？　まもなく朝の五時でしょう。こんな時間に外にいちゃいけませんよ。夜のこのあたりは、悪くて危険な一帯なんですから」

「……教会に入りたいだけなんです」とミリアは言った。

八時に戻っていらっしゃい、と男は言った。

「まだ開いている教会ってあるかしら？」

4

空腹が、ミリアの中でくっきりとした形を取りはじめた。そしてその痛みは、死の始まりの証拠だと医者たちが保証する痛みと一緒になってミリアを苦しめた。それ以上生きるには奇跡に頼るしかないと。〈医療に頼れば死にます〉ということだ。

マタイの福音書では、博士たちは幼な子に贈り物をささげたあと、「自分たちの国へ帰って行った」が、「別の道を通っ」たとある。幼な子を見たあと、同じ道を帰らなかったのである。

ミリアは、そこを離れて、木を背にして排尿した。そのあと、教会の裏にまた戻ったが、さっきとは違うほうから回っていった。

教会の横で、ミリアははっきりと悟った。今は二つの痛みが競っているのだと。一つは自分を殺そうとしている痛み、悪い痛みと呼ぼう。そしてもう一つは、善い痛み。食欲の痛み、食べたいという欲求の痛み、生きているという証拠の痛み、存在の痛み。まだ夜も明けやらぬこの時、まるで胃が人間性を顕示しているかのよう、そしてまた、不可解な謎と自分との漠とした関係性をも表しているかのようだ。生きている、そのことによる痛みのほうが、客観的にも肉体的にも、自分を死に至らしめる痛みよりも強い。死の痛みが、今は二の次となっている。あたかも、今この時は、不死身になるより、一切れのパンを食べることのほうが重要だと言わんばかりに。

ミリアは周囲を見渡した。こんな時間に何かを食べさせてくれるところがあるかしら?

今、教会の裏で、ミリアはポケットに入れてあるチョークを手に握り、小さな、ほとんど読めないくらいの文字を壁に書いた。

胃にまた激痛が走った。手がぱたりと落ち、同時にチョークも落ちた。ミリアはゆっくりと違う通りの方向に歩きだした。お腹が空いてたまらない。痛みは耐えがたいほどになってきた。だんだんと歩く速度を速めながら、ミリアは愉快と言ってもいいような気分になってきた。あたし、お腹が空いてたまらないの。ということは、もう死なないんだ! こんなにお腹が空いているのに死ぬなんてありえないもの!

実際に、奇妙ながら、ミリアは守られているような気がしていた。空腹のこの痛みは一つの保障だ。不死の保障、さしあたりの。こっちがこんなに痛いんだから、もう一つの痛みでいきなり死ぬなんてあるはずがない。そんなふうに守られている気分を味わうことによって、空腹も紛らわせようとしていた。何かを食べてこの痛みが去ったら、あっちの痛みがきっと戻ってくるだろう。そして、その痛みで、自分は死ぬのだ。

あの奥に明かりが見える。もしかしたら、もうカフェが開いているのかも。その右隣には公衆電話があった。ミリアは立ち止まり、ボックスに向かった。胃の痛みはおさまらない。今すぐに何かを食べないと、死んじゃう。ミリアはそう呟くと、一人で笑った。

だが、唐突に笑うのをやめると、ゆっくりとした動作でポケットからエルンストの電話番号が書いてある紙を取り出した。硬貨を握ると、一枚入れて、番号を押した。呼び出し音が鳴りはじめた。だれも出ない。四回、五回、六回。

5

エルンスト・スペングラーは屋根裏の部屋に一人でいて、すでに窓は開けてあった。五月二十九日、朝の五時を回ったところだった。その前日は途方もない日だった。エルンストの内側で何かが急速に戻ってきていた、ゴンペルツとの再会が彼の〈暗いエネルギー〉の蓋を開け、溢れ出てきて収まる兆しがなかった。

　窓を開けてもうだいぶ経っていたので、外気が狭い部屋に入ってきて家具に沁みこみ、目には見えない塵を室内の物の上に置いていった。ほんの少しの時間で、家の外部と内部を繋ぐ新しい有機体が見つかったかのように、両方が一つに融け合っていた。冷たく、いくぶん不快な夜気はもう入ってこなくなった。もう、外も内もなくなったからだ。


　エルンストの頭は混乱を極めていた。思考と幻像が留まることなく溢れてきた――一つが頭の中で完全な形を成す前に次が入りこんできて、それを押し出す、それの繰り返しだった。一つが終わる前に次がやってきてその場の中央を占領するものだから、脳が縮んでしまったような気がした。それでも、一つの期待がどんどん膨らんで、行動を起こせと誘っていた。窓は大きく、人間の身体もゆうに通り抜けるくらいだ、そして彼の身体は行動を起こしたくなっていた、この建物が狂暴な誘惑の手を差し伸べて、さあここを通れと言っているような気が強まり、世界が、一人のしがない男を、この五月二十九日の夜、眠らせるものかとしているようだった。

　ふいに電話が鳴り出した。エルンストは静かになり、目まぐるしく次々に動いていた幻像も思考も、ぴたりと止まって一つの物体になり、瞬く間に消えてなくなった。エルンストは、少しずつあとじさって、電話のそばに行った。

　呼び出し音は鳴りやまなかった。五回、六回、七回、八回、九回、十回、十一回、十二回、十三回、十四回、エルンストは受話器を取った。

電話の向こうでだれかが言った。エルンスト、あんたなの？　あたし、教会のそばにいるの。

そのとたん、身体がくずおれる音がした。

ミリアの声だった。

6

エルンストは、少しずつ意識を取り戻してきたミリアにしがみついて、ここまで走ってきたために、まだ息を切らしながら、人差指でミリアの頰を撫ぜた。

ミリアは笑った。声が肉体を得たようだった。エルンストが彼女を見つけたのは、物理的な道を通ってこなかったからだろう。

ミリアは考えた。この優しい手、あんただってわかったわ。

「あんたの右手はなえていない。あたしの手、見える？　あたしのも、なえていない」

喋らないで、とエルンストはミリアに言い、抱き起こそうとしたができなかった。

あんた、どこを歩いてきたの？とミリアは思った。

二人は抱き合った。エルンストはもう一度ミリアを助け起こそうとした。できなかった。その時、声がした。

「手を貸そうか？」

二人とも同時に振り返った。男が一人立っていて、手を貸そうかと言っていた。この男の名はヒンネルク・オブストといい、この夜、ついさっき、カースという名の少年を殺《あや》めてきたところだ。カース・ブスバーク、と少年自身は名乗っていたが。

「はい」とエルンストは男に答えた。「友だちが、失神してしまったんです。手伝ってください」

第三十章

エルンスト、ミリア、ヒンネルク、テオドール、ハンナ

1

「彼女、力が出ないんです」とエルンストは言った。

「手伝おう」とヒンネルクは言った。

二人の男がそれぞれミリアに肩を貸して、ミリアは立ち上がることができた。身体をほとんどヒンネルクに預けて、数メートル先のベンチまで連れていってもらった。

「ここに座って」とヒンネルクは小さく言った。ミリアは座った。

「ありがとう」と、エルンストは感謝した。「ぼくは、脚に力が入らないので」

ミリアはぐったりしていて、口が利けるようになるまでもう少しかかりそうだった。

「お名前は？」とエルンストは訊ねた。

「ヒンネルク・オブストだ」

「助かりました。どうぞ、もうおかまいなく。ぼくたちは古い知り合いなんです。ぼくたちのことで、これ以上お時間を取らせるわけにはいきません」

ヒンネルクはほほ笑んで、そんなことはまったく問題じゃない、別に急いでいるわけじゃない、という顔をした。ここには、いくらでもいたいだけいられるのだ。

この間に、ようやくヒンネルクに穏やかな感情が芽生えてきた。攻撃的な本能が縮んできていた。この、〈だれかの助けになっている〉という感覚は、それがどれだけ小さな助けであろうとも、彼の内部組織を動かしたかのようだった。興奮の方向が逸れたのだ。だれかの役に立つ、という役割は気分がよかったし、この二人が自分を見る純粋なまなざしが嬉しかった。ヒンネルクがいつも人々から、特に子どもたちから向けられるのは恐怖のまなざしで、この隈《くま》をからかわれたり、〈人殺しみたい〉と何度も言われたりしていた。

それが、この二人は自分に会えたことが嬉しいと言う。少なくとも、出会ってからしばらくはそう感じていたことがはっきりと感じられた。今、この男女は二人にしてほしい、二人で話がしたいのだろう、ということはヒンネルクにもわかった。二人は知り合い同士なのだ、自分のことは知らない。二人にしてほしいと思うのは自然なことだろう。

なぜそんなことをしたのか、自分でもはっきりわからなかった。おそらく幼稚な思いつきだろう。二人に感心してもらいたかったのだろう、ヒンネルクは、なぜだかシャツをたくしあげてズボンから銃を取り出し、攻撃的な口ぶりはまったくなく、いいものを見せてあげる、と子どもに言うように言った。

「ほら、銃があるんだ」

エルンストとミリアは、仰天してあとじさった。

2

ヒンネルクがクルリク・プルヒ通りから離れ、教会の方角に歩いている時、娼婦のハンナとドクター・テオドールは階段を上って宿の一室に入るところだった。

宿は貧相というほどではなかったが、テオドールの財力があれば好きに通える、人目を忍びやすい場所にあって、凝った造りの高級な娼館には、足元にも及ばなかった。

だが、すでに述べたように、ドクター・テオドール・ブスベックは、俗っぽい娼婦たちが立つこの通りで姿を見られても、痛くもかゆくもなかった。彼は離婚していて、言い訳をせねばならぬ妻はいない。一人息子にはきちんと教育を受けさせていたし、街娼と会うことは、その教育とはなんら関係がなかった。自分は男なんだから、とテオドールは考え、だれから見ても明らかで、生物的にも正しいその事実をはっきりさせて、道徳的な気まずさを一掃した。そして、街娼たちと入る宿で感じるある種の汚らわしさや危険は、ひそやかで豪奢な娼館では味わえない。この点は、明らかに父のトマス・ブスベックの血を受け継いだのだと本人も自覚していたが、テオドール・ブスベックにはそういった場所に惹かれる悪癖があった。裕福で、教養があり、言葉遣いは丁寧で、動詞の位置も文法的に正しい、自分が属するそうした世界から離れて、女も男も平気で自分の無知をさらけ出し、卑猥な言葉をためらいもなく口にして、文法もめちゃくちゃ、俗っぽく、都会的でなく田舎丸出しの発音を隠すこともない、そうした世界に足を踏み入れることを考えると興奮した。その興奮は、こちらの世界の女たちが露骨に挑発してくる性的なものだけでない。こうした世界に分け入っていくのは、一種の〈研究者の性《さが》〉でもあるんだ、とテオドールは友人たちに説明もした。どうしても、自分となじみのない場所へと足が向いてしまうのは、その〈性〉のせいだ、と。研究者という者は未知の異世界に興味を持つものだろう、とテオドールは言った。さらに、ある程度の危険を冒さずして新しい発見などできるものかというのが、彼の持論なのだ。

街でもっとも危険な界隈を、夜の研究と称して歩いているテオドール・ブスベックは震え上がるような目にあったことはなかった。いつ強盗にあってもおかしくない。見るからに乱暴そうな男たちとすれ違うことはよくあった。そのため、おれたちを馬鹿にしているのか、と言われかねないようなことをしないように気をつけていた。彼自身は体格が良いわけでもないし、身体で他人とぶつかりあうような争いには慣れていない。こうしたことは遠目でも明らかだと思うが、それをよいことに因縁をつけられかねないのだ。ブスベックは、どうしてもこうした宿に足を向けずにはいられないのだが、一方で、いつかここで死体となるかもしれない（このあたりでは殺人事件も過去にあった）とも思っていた。それでも、来ずにはいられないのだ。

それで、あの夜もやはりそこに来た、新しい女、今までとは違う女がいるかもしれないという好奇心に打ち克てずに。その日の女がハンナだったのだ、肉体的にも彼を魅了し、あとで会おうと約束までした。この女には迫力があり、人に命じ、今は、蠱惑《こわく》的なミニスカート姿で彼の前を歩き、宿の部屋のドアを開けて、中に入るようにうながしている。

「どうぞ」

3

そうこうしているうちに、教会の隣では、男が二人、ヒンネルクとエルンストと、女が一人、ミリアの三人は、笑い声を立てながら銃でふざけている。今、銃を手にしているのはミリアで、その重み、形、引き金を確かめている（銃を実際に見るのは初めてなの、と言う）。その間、同じ五月二十九日の夜、街の別の界隈、もっと人通りのある場所では、テオドール・ブスベック、ミリアの前夫は、クルリク・プルヒ通りにある売春宿の十四号室で服を脱ぎはじめたハンナという名の娼婦を興奮して見つめている。

ハンナはまず上半身の服を脱いだ。ブラジャーを外すと、とたんに乳房がだらりとたれて腹の上部にまで届く。テオドールは二メートルばかり離れて、ほほ笑みを絶やさず彼女の身体を見ると同時に、自分自身もゆっくりと服を脱ごうと、シャツのボタンを外している。

しかし、テオドール・ブスベックは次第に気分が悪くなってきた。煌々と明るい電灯の下で、女の身体の細部までがつぶさに見えた。若くて完璧な顔立ちをしていると思っていたのに、明るいところでよく見ると、化粧の下の素顔がうかがい知れた。とくだんの欠陥はないが平凡な顔には皺がある、しかも、皺の数本は深かった。裸の胸は腹の上にだらりと垂れ、乳首はないに等しかった。女は歳を取っていた。さっきまで二十歳くらいかと思っていたが、今、こうして見ると、五十歳にはなっているだろう。女はさっさとスカートを脱いで下着を下ろした。テオドールは彼女から目を逸らさずにいるうちに背筋に震えを感じ、ほとんどわからないほど小さく、一歩、あとじさった。ハンナは全身の体毛を剃っていたため、皺だらけの陰部が丸見えで、その下には、もはや固体ではなくなったかのようにたるんだ肉がへばりついた貧相な両脚が伸びていた。さらに、品もなく丸見えの、赤らんで古びた性器の横、股の内側には、黒い染みがやたらと大きく、テオドールの手よりも大きいくらいにあった。

ハンナは客が「あれ」を見ていることを感じて、火傷の痕なの、と説明したが、その声はテオドール・ブスベックには届いていなかった。テオドールは恐怖に凍りついていたのだ。

街の別の一角で、その時、銃を手にしていたのはミリアだ。三人組は楽しんでいる。ミリアは、自分を助けてくれた男、ヒンネルクに向かって銃を向けてみる。彼女はエルンストと二人になりたくないし、ゲオルグ・ローゼンベルク精神病院にいた時のことを思い出したくないし、過去の話をしたくなかったし、エルンストに息子のことを聞かれたくないし、息子のことも考えたくなく、この夜、教会が開くまでは、自分たちを助けてくれて大きな隈がある男の隣で鉄砲ごっこをしていたかった。

さらにミリアは、次第に、エルンストを無視してこの男のことばかりを気にするようになっている。電話なんてするんじゃなかったと、後悔している。ゲオルグ・ローゼンベルクはもうずっと前に終わっているのだし、右手はなえてなんていないし、エルンストと話をするべき時じゃない、というか、話をするべき時なんて来ない。それだけではない。ミリアは、たった今、理解したのだ。エルンストにはカースのことは忘れてもらいたいし、絶対に会ってほしくない。ミリアは、エルンスト・スペングラーのことが恥ずかしくもあったのだ。

ミリアはヒンネルクのほうを向いていた。今、この引き金を持つ指に力を入れたら、弾が出るのかしら？　痛みも空腹も忘れたミリアが聞いた。ヒンネルクは出ない、と答える。笑いながら、仕組みを教える。この撃鉄を起こさないと弾は出ない、と言いながらヒンネルクは撃鉄を上げる。エルンストは笑い、ミリアは銃をヒンネルクに向けてみる。今なら撃てる？　ヒンネルクは撃てると答える。ミリアは銃をヒンネルクの頭に向ける。撃ったらどうする？　なぜだかどうしようもなく惹かれ、自分を興奮もさせるこの男に訊いてみる。撃ってみろよ、とヒンネルクは面白がって言う、撃て！

第三十一章

ミリア

1

ミリアは四十八歳で、医療刑務所の個室に入っている。満期を迎えるまであと数年あるのだが、医者によれば、病気の進行の度合いを考えれば、何年も前に「とっくに死んでいてもおかしくない」のだそうだ。

彼女の前夫が繰り返し言っていたように、第三の健康の指標は、人間でも、人間が作った技術でもないところにあったのだ。ミリアはそこに到達したのである。

ミリアがまだ生きているのは、奇跡が起きたからだ。〈治療ではなく、霊的なもの〉のおかげなのだ。

　腹部に痛みはまだある。強く痛む日もあれば、そうでもない日もある。だが、ミリアはまだ生きていて、この痛みにも、ゲオルグ・ローゼンベルク精神病院に端を発した病にも、なんとかつきあっていく方法を学んだ。

「もしもわたしがゲオルグ・ローゼンベルクを忘れるなら……」

　そう、事実、ミリアには忘れることなどできなかった。あたしの右手はなえなかった、時々そんなことを考えながら自分の首筋を撫ぜた。

　なんといっても、刑務所での生活とその厳格な時間割りは、ゲオルグ・ローゼンベルクで過ごした日々を思い出させた。決められた起床時間、「飛拍子もない思考」を持つ暇を与えないように選別された作業、昼食と夕食の時間、集会の時間、ちょっとした猥談、ゲオルグ・ローゼンベルクの患者仲間の一人、二人と打ち明け合ったような秘密を囚人仲間の一人、二人とも打ち明け合って、要するに、彼女の人生で過ごしたこの二つの期間というのは驚くほどに瓜二つで、同じことを繰り返しているのか、過去をそのまま繰り返しているだけなのかと錯覚してしまうほどだ。もはや、ミリアが衝撃を受けるものなど何もない。

　とはいえ、一つ、重要な違いはある。この第二期には、ゲオルグ・ローゼンベルクとそっくりの毎日には、あの男の姿がない。ゴンペルツだ。

　刑務所長はほとんど姿を見せなかった。一、二度、ミリアは所長の姿を見かけたことはあるが、彼は囚人たちの行動には干渉してこなかった。ミリアはすぐに彼に親しみを感じるようになったのだが、その理由は簡単だ。彼がいないからだ。その男は姿が見えない、姿を見せなかった。ミリアは所長に覚えられていた。

彼女の罪状は「……年五月二十九日の夜、ヒンネルク・オブストという成人男性の殺人」である。彼の頭に弾丸を一発、撃ちこんだのだ。

なぜ捕まったのかとだれかに訊かれれば、ミリアはいつもこう答えていた。一語一句違わず、授業で暗記させられたかのように、「五月二十九日の夜、ヒンネルク・オブストという成人男性を射殺した」と。

その同じ夜、彼女の息子のカースが惨殺されていたのだが、ミリアに詳細を告げる勇気のある人はいなかった。犯人が特定されることはなかった。

第三十二章

ミリア、エルンスト、ヒンネルク

1

ミリアは笑って、銃を下ろした。隣にいたエルンストがそう頼んだからだ。

それで遊んでいいよ、とヒンネルクは言った。

エルンストは銃を手に取り、重いね、と言った。

大したものじゃない、とヒンネルクは呟いた。戦争では、これより五十倍は重い機関銃を担いでいた。

戦争に行ってたの？とミリアが訊いた。

ああ、とヒンネルク。

人を殺した？とミリアは訊きながら、この状況、この男、また戻ってきた胃の痛みにますます興奮していた。この痛みは空腹なのか、それとも違う痛みだろうか？

もちろん殺したさ、とヒンネルクは答えた。

ほんとうに？とミリアは言う。

当たり前だ、とヒンネルクが言った。

その瞬間、轟音がしてヒンネルクの頭が弾け飛んだ。

エルンストが銃を手にして震えている。弾が出ちゃった。

なんてことしたのよ、この馬鹿！とミリアが言う、死んじゃったじゃないの！

ミリアが叫ぶと、エルンストは急に背を向け、走って逃げだした、できるだけ速く、右脚のほうの歩幅が広くて、ちっとも速くない、おかしな恰好で。

「卑怯者！」とミリアは叫んだ。

ミリアは黙った。銃が落ちている。エルンストはとっくにいなくなった。

見下ろすと、頭がめちゃくちゃになった男がいた。あの馬鹿、と呟く、無能！　エルンストの阿呆、馬鹿者！

ミリアは考えようとする、どうするべきなのか考える。もうすぐだれかが来るだろう、だれかが聞いていたに違いない、周囲に家はないけれど、だれか聞いた人がいるに違いない、とミリアは考える。少なくとも教会がある。教会のだれかには聞こえたはずだ。

今度は、ミリアは教会の中から聞こえてくる音に耳を澄ませる。また教会から音がする。しかし、音はやんで、だれも出て来ない。どういうこと？とミリアは考える、だれも来ないの？

もうずいぶん時間が経っているのに、だれも来ない。だれにも聞こえなかったの？　教会の中の人たちはきっと怯えているんだ、と考える。

ミリアは、長時間同じ姿勢のままでいたが、ようやく屈んで銃を拾うとそれを握りしめて、教会のドアに向かって歩きはじめる。まだ夜だけれど、どこかでちかっと光が輝いた。今、何時だろう？　ミリアにはわからない。

ミリアは、両手を下げて教会のドアの前に立っている。血が点々と服に飛んでいる。右手には銃を持っている。教会の正面玄関から二メートルのところで、長い間、動かずにいる、銃口は下を向いている。腹部の痛みはほとんど消えている。まだミリアの胃は空っぽで、激しい空腹を感じているからだ。今のミリアの頭は食べ物のこと、パンとミルクのことでいっぱいだ。夜が明けてきたみたい、ミリアは気を失いそうになるが、なんとか踏みとどまる。空腹の痛みは彼女に居座り、もはや意識にものぼらない。突然、教会の中、正面玄関の向こうから音が聞こえてくる、ようやくだれか来た、あのドアの後ろ、彼女から二メートルばかりのところに。

鍵が開く音がして、だれかがそっとドアを開ける、ほんの少しだけ。だれかがドアの後ろから、用心しながらおそるおそる彼女のほうを見ている。ミリアは、もうこれ以上は無理だと思う、気を失いかけ、右手で銃をしっかりと握りなおす。教会のドアの後ろから覗いているだれかは、ミリアから目を逸らさないが、ドアを開けようとはしない。ミリアは教会のドアの後ろにいる人と話さないといけない。勇気を振り絞る。身体の中からできるだけしっかりとした声を探す。

「人を殺しました」とミリアは言う。「入れてくださいますか？」

訳者あとがき

五月二十九日、いちばん暗いと言われる夜明け前に主人公ミリアとその他の登場人物はそれぞれの痛みを抱えながら通りをさまよっている。死病を患《わずら》うミリアは、教会の扉を叩くが中に入れてもらえない。ミリアの元恋人エルンストは自殺しようとしたところに彼女から電話を受けて家を飛び出す。一時は「時の人」ともてはやされたものの、今は世間から忘れ去られているミリアの前夫、テオドールは一夜限りの相手を求め、テオドールの十二歳の息子、カース（実はミリアとエルンストの子）は家にいない父を捜して、外へ出る。そして、帰還兵のヒンネルクは銃を懐にしのばせて獲物を探している。

　精神科医のテオドールは、患者として診察にきたミリアに一目ぼれして周囲の反対を押し切って結婚し、医者として働く傍ら、歴史に残る虐殺事件をつぶさに調べ「歴史の健康状態」を示すグラフの作成に没頭していた。一方で、同じく精神科医であり、のちにミリアが入院しエルンストと知り合ったゲオルグ・ローゼンベルク精神病院の院長でもあるゴンペルツは、倫理と狂気には相関関係があると信じて患者たちを厳しく統制する。患者たちは病院の外の世界を懐かしみ夢想するが、昔の自分のままでいてはそこには帰れない。これまでの自分をすべて忘れ去らないと「治癒」とはみなされないのだ。

「エルサレムよ、もしも、わたしがあなたを忘れるなら、わたしの右手はなえるがよい」とは、旧約聖書の詩編の一節で、迫害を受けて異郷に拡散したユダヤ人たちが心の拠り所であるエルサレムを謳っている。この「エルサレム」を「ゲオルグ・ローゼンベルク」に替えた句に、ミリアも、エルンストも、退院してもなおつきまとわれる。登場人物それぞれの危うい過去と現在が断片的に描かれ、次第に運命の五月二十九日に近づいていく……。

　本書『エルサレム（原題 *Jerusalém*）』は二〇〇五年にポルトガルで出版され、レール賞、ジョゼ・サラマーゴ文学賞、ポルトガル・テレコム文学賞（現オセアノス賞）とポルトガル語圏の重要な文学賞を次々に受賞し、作者、ゴンサロ・M・タヴァレスの名を一気に世に知らしめた作品である。

　一九七〇年生まれのゴンサロ・M・タヴァレスが作家デビューしたのは二〇〇一年。それから二十年、たゆまず精力的に作品を発表しつづけている。「書いていないと精神のバランスが崩れてくる」そうで、まだまだこれからも作品を生み出していくだろう。では、そのタヴァレスがどういう作家かというと、彼自身が一つの宇宙の創り手のようで、ここで充分な紹介ができるか少々心もとないほどである。

タヴァレスは、自分の作品を「ノート」と呼び、それらは多岐にわたるテーマで分類されている。「王国」、「町」、「都市」、「百科事典」、「唄」、「研究」等々、「ノート」が一作しかないテーマもあれば、「町」のように十作もあるものもある。「王国」と「町」はすでに完結し、近年では、史実と童話などに人類の科学的発展を絡み合わせた奇天烈《きてれつ》な「神話」が二作、出版されている。「町」もユニークで、十作すべてのタイトルに、カルヴィーノ、ブレヒト、ヴァレリーなどの著名な文化人の名前がついている（うちの一作「ヴァルザー氏と森」は現代企画室より二〇一九年に出版された『ポルトガル短篇小説傑作選　よみがえるルーススの声』に近藤紀子氏の訳で収録されている）。また、大航海時代のポルトガルの栄光を謳いポルトガル文学史上最高の叙事詩とされる、十六世紀の詩人ルイス・デ・カモンイスの『ウズ・ルジアダス』（池上岑夫訳、白水社、二〇〇〇年）を基盤にした「叙事詩」の『インドへの旅（*A Viagem à India*)』（二〇一〇年）は各方面から絶賛を受けた。ゴンサロ・M・タヴァレスの作品は五十か国以上で翻訳、出版されており、本作をはじめとするさまざまな著作についての考察や論文が国内外で無数に執筆され、名実ともに二十一世紀のポルトガル文学を担う作家の一人である。

タヴァレスは作家デビューする前の二十代から三十代にかけて大量の作品を執筆したと言う（三十歳になるまで発表はしないと決めていた）。最初に手書きでノートに書きつけたそれらの作品は、その後、長い時間寝かせてから推敲に入る。推敲の時にはすでに作品から距離があるので、作家自身が客観的な視点を持つ最初の読者になる。『エルサレム』は彼の最初の長篇群である「王国」四部作の第三作にあたる。出版と同じく『ある男、クラウス・クルンプ（*Um Homem: Klaus Klump*）』（二〇〇三年）、『ヨーゼフ・ヴァルザーの機械（*A Máquina de Joseph Walser*）』（二〇〇四年）、『エルサレム』、『技巧の時代に祈りを学ぶということ（*Aprender a Rezar na Era da Técinca*）』（二〇〇七年）の順で執筆したのだが、正確にいつのことだったかは記憶にないそうだ。二十世紀の終わりだったか、二十一世紀の初めだったか。ただ、世紀の移り変わりの頃だったということは覚えているし、『エルサレム』を書き終わったときには疲労困憊していたと言う。

痛みと死の恐怖に苛まれるミリアが冒頭で教会に入れてもらっていたら『エルサレム』は生まれなかった。ほかの人物たちも、危険な夜の通りに出ていくことはなく、それぞれが出会うこともなかったとタヴァレスは断言する。悪のメカニズムの解析を試みたという「王国」の四作品は、そのメカニズムを構築する部品なのだ。四つの物語はそれぞれ独立していながらも、ともに東欧あるいは中欧を想起させる町を舞台にし、戦争がある。この「王国」では、戦争と平時、悪と善、支配と服従、強者と弱者の境界はぼやけてにじみ、互いを侵食しあっている。この戦争では何を争っているのか、どの作品を読んでもわからない。人間と物体との境も同じくどこか曖昧だ。人と人との交わりにおける情愛や悲哀の描写は平易なのに、人と物体の関係性の描き方は濃密で温度が高い。第二作の主人公、ヨーゼフ・ヴァルザーは機械の部品に執着し、本作のヒンネルクは銃の匂いで興奮し、ミリアは男を触るがごとき手つきで物体に触れる。四作の登場人物も数人が繋がっており、たとえば、通りすがりにミリアとエルンストに手を貸すヒンネルクは、同じように夜の通りでヨーゼフ・ヴァルザーにも忌むべき所業に手を貸している。

「王国」に蔓延する暴力は、正体が明確ではないからこそ苛烈で、読む者の記憶にしつこく残る、それがタヴァレスの狙いなのだ。忘れないことだ、と彼は言う。われわれの前に立ちはだかり、後をつけてくる暴力のことを忘れないことだ、と。タヴァレスが作り出した暗黒の「王国」では、闇の向こうに垣間見える柔らかな灯はない。その代わり、一語一語が時おり光を放っては、どこに視線を向けるべきかを教えてくれる。

　自身の名を冠した文学賞を本作に授与する式でのスピーチでサラマーゴが放った「ゴンサロ・M・タヴァレスはたった三十五歳でこんなにすごい本を書くなんて、ずるいじゃないか。叩いてやりたくなる」という賛辞は非常に有名になった。だが、その際にこのノーベル文学賞作家はこうも評している。「タヴァレスが創造したこの世界は、われわれとは無関係のように見えるが、実は百年後の人類の脅威である」と。受賞から十五年、サラマーゴが世を去って十年が過ぎたが、この言葉はすでに現実味を帯びてきてはいまいか。作品が発表された当時は二十世紀が終わって間もないころで、ヨーロッパを覆った全体主義とその結果として行なわれた無数の戦争や虐殺の記憶を想起して読む人が多かったかもしれない。それを未来への警鐘と予告したサラマーゴの慧眼であるが、たとえば、作中作の『ヨーロッパ02』は「過去の恐怖時代」を映していると、現代のわれわれは言い切れるだろうか。

ところで、サラマーゴはまた別の機会に、タヴァレスはノーベル文学賞を獲得するだろうとも予言している。「その時、自分はすでにこの世にいないだろうから、彼の肩を抱いて祝えないのがいかにも残念だ」と。さて、サラマーゴのこの言葉が現実となるかどうか、楽しみに見守っていきたい。

本作はCaminho社から二〇一〇年に発刊された“*Jerusalém*”第九版を底本として翻訳した。作中に引用される聖書の言葉は新共同訳から引いたが、「シラの書」のみフェデリコ・バルバロの『聖書』（講談社）を参照した。ハンナ・アーレントの文章の引用もあるということで、作者にも問い合わせたのだが、出典を明確にすることはできなかったことをお断りしておく。また、このあとがきを書くにあたり、タヴァレスへのインタビュー記事（Público二〇一二年八月四日）を参照した。

私が本作を読んだのは十年ほど前になる。一読して衝撃を受け、日本に紹介をしたいという思いを抱きつつも、この作品が持つ強大なエネルギーに自分の力量が追いつくのかという迷いと恐れがあり、一歩を踏み出せずにいた。それが、二年ほど前に河出書房新社の編集者、町田真穂さんにおそるおそる本書の話をしたことから訳出への道が開けた。翻訳作業中、つねに温かな励ましを下さった町田さんと、本書の出版を引き受けて下さった河出書房新社のみなさんに心から御礼を申し上げたい。本書の舞台となる場所は特定されていないが、作中の地名、人名の読み方については、訳者の判断でドイツ語を基準とすることにし、ドイツ語翻訳者の井口富美子さんにご助力いただいた。また、清水ユミさんは、私がポルトガル語の解釈で迷子になると快く救いの手を差し伸べて光を当てて下さった。お二人に御礼申し上げるとともに、さまざまな形で支えてくれた友人たちと家族にも感謝したい。

作者のゴンサロ・M・タヴァレスには、彼が二〇一八年に来日した際に幸運にも会うことができた。そのときにサインしてもらった本作の原書には「いつかこの本が日本語になりますように」という一言が添えてある。本書の邦訳出版の可能性を探るようにと私の背中を最初に押してくれたのはタヴァレスその人だった。今、こうして彼の希望を叶えることができたのは幸せであるが、一方で、本書はタヴァレスという広漠たる宇宙のほんの一端にすぎないのだと、もう一度、念を押しておきたい。日本の読者がさらに暗黒の「王国」をさまよい、謎多き宇宙に分け入っていかれるよう、タヴァレスの作品の邦訳が進むことを祈る。

二〇二一年早春

木下眞穂

著者略歴

ゴンサロ・M・タヴァレス

Gonçalo M. Tavares

1970年、アンゴラ生まれ。2001年に作家デビュー。著作はこれまでに約50か国で出版され、フランス最優秀外国小説賞、ポルトガル・テレコム賞、欧州若人文学仏学生部門賞、Web文化文芸賞審査員特別賞ほか、国内外で数多くの文学賞を受賞、高い評価を受けている。本書『エルサレム』はジョゼ・サラマーゴ文学賞、ポルトガル・テレコム文学賞ほかを受賞し、ポルトガル国内でベストセラーとなった。

訳者略歴

木下眞穂（きのした・まほ）

1992年、上智大学ポルトガル語学科卒業。ポルトガル語翻訳家。訳書にジビア・ガスパレット『永遠の絆』、パウロ・コエーリョ『ブリーダ』『ザ・スパイ』、ジョゼ・エドゥアルド・アグアルーザ『忘却についての一般論』などがある。ジョゼ・ルイス・ペイショット『ガルヴェイアスの犬』で第5回日本翻訳大賞を受賞。

本書は、ポルトガル政府の出版助成制度から助成を受けて出版された。

REPÚBLICA PORTUGUESA
CULTURA
DIREÇÃO-GERAL DO LIVRO, DOS ARQUIVOS E DAS BIBLIOTECAS

CAMÕES
INSTITUTO DA COOPERAÇÃO E DA LÍNGUA
PORTUGAL
MINISTÉRIO DOS NEGÓCIOS ESTRANGEIROS

エルサレム

2021年5月20日　初版印刷
2021年5月30日　初版発行

著　者　ゴンサロ・M・タヴァレス
訳　者　木下眞穂
装　丁　仁木順平
装　画　小村希史
発行者　小野寺優
発行所　株式会社河出書房新社
〒151-0051
東京都渋谷区千駄ヶ谷2-32-2
電話03-3404-1201（営業）03-3404-8611（編集）
https://www.kawade.co.jp/
印　刷　株式会社亨有堂印刷所
製　本　小泉製本株式会社

Printed in Japan
ISBN978-4-309-20828-2

河出書房新社の海外文芸書

白の闇

ジョゼ・サラマーゴ　雨沢泰訳

突然の失明が巻き起こす未曾有の事態。「ミルク色の海」が感染し、善意と悪意の狭間で人間の価値が試される。ノーベル賞作家が「真に恐ろしい暴力的な状況」に挑み、世界を震撼させた傑作。河出文庫

シンコ・エスキーナス街の罠

マリオ・バルガス＝リョサ　田村さと子訳

ノーベル賞作家のサスペンスフルな最新作。テロが吹き荒れる戒厳令下のペルー、リマで、大富豪がゴシップ誌に乱交写真をネタに脅迫される。その背後には国家の恐るべき闇が隠されていた。

凍

トーマス・ベルンハルト　池田信雄訳

おそるべき作家の最初の長編にして最高傑作、ついに邦訳。画家となった男の調査を依頼されて山間部の村に滞在することになった研修医の手記があばく凍りつくほどにきびしいこの世界の真実。

アムラス

トーマス・ベルンハルト　初見基／飯島雄太郎訳

「凍」につづく異才の戦慄すべき作品集。一家心中の生き残りの兄弟が風土病に翻弄されて追いつめられていく悲劇を描く「アムラス」、ふたりの会話で発狂した友人の顛末が語られる「歩く」。

河出書房新社の海外文芸書

丸い地球のどこかの曲がり角で

ローレン・グロフ　光野多恵子訳

爬虫類学者の父と、本屋を営んだ母。かつて暮らした家には蛇が住み着いていた。幽霊、粘菌、オオカミ、ハリケーン……自然との境界で浮かびあがる人間の意味を物語性豊かに描く11の短篇。

サハリン島

エドゥアルド・ヴェルキン　北川和美／毛利公美訳

北朝鮮発の核戦争後、先進国で唯一残った日本は鎖国を開始。帝大の未来学者シレーニは人肉食や死体売買が蔓延するサハリン島に潜入する。この10年で最高のロシアSFとされる衝撃の傑作。

ミルクマン

アンナ・バーンズ　栩木玲子訳

謎の牛乳配達人はテロリストなのか。国家独立をめぐるテロと性的抑圧を生きる18歳の女性の不安と絶望を描いた傑作長篇。世界30か国以上で翻訳されたベストセラー。ブッカー賞受賞。

洪水

フィリップ・フォレスト　澤田直／小黒昌文訳

百年前の洪水、第二次大戦、母と娘の死、秘密裡に猛威を振るう「伝染病」……破局の徴に満ちたパリを舞台に、火事の夜に出会ったピアニストと恋に落ちる主人公が綴る美しき消失の物語。

河出書房新社の海外文芸書

理由のない場所

イーユン・リー　篠森ゆりこ訳

母親の「私」と自殺してまもない16歳の息子との会話で進められる物語。著者の実体験をもとに書かれた本書からは、母親の深い悲しみが伝わり、強く心を打つ。他に類をみない秀逸な一冊。

失われたいくつかの物の目録

ユーディット・シャランスキー　細井直子訳

解体された東ドイツの宮殿、絶滅種のトラ、太平洋に沈んだ島、老いたグレタ・ガルボ……自然や芸術作品が雄弁に語り始める。各章16ページのテキストと、ダークな線画が織りなす夢の目録。

リスからアリへの手紙

トーン・テレヘン　柳瀬尚紀訳

カタツムリ君、象さん、リス君、アリさん、熊君など、個性豊かなどうぶつたちが好きな食べ物や誕生日についてやりとりする。風に運ばれる手紙が伝える、オフビートで滋養に満ちた物語。

十二月の十日

ジョージ・ソーンダーズ　岸本佐知子訳

中世テーマパークで働く若者、賞金で奇妙な庭の装飾を買う父親、薬物実験のモルモット……ダメ人間たちの何気ない日常を笑いとSF的想像力で描く最重要アメリカ作家のベストセラー短篇集。

河出書房新社の海外文芸書

セロトニン

ミシェル・ウエルベック　関口涼子訳

巨大生化学メーカーを退職した若い男が、遺伝子組換え、家族崩壊、過去の女性たちへの呪詛や悔恨を織り交ぜて語る現代社会への深い絶望。世界で大きな反響を呼ぶベストセラー。

銀河の果ての落とし穴

エトガル・ケレット　広岡杏子訳

ウサギを父親と信じる子供、レアキャラ獲得のため戦地に赴く若者、ヒトラーのクローン……奇想とどんでん返し、笑いと悲劇が紙一重の掌篇集。世界40か国以上で翻訳される人気作家最新作。

七つのからっぽな家

サマンタ・シュウェブリン　見田悠子訳

全裸で戯れる祖父母と孫、崩壊した夫婦、怪しい男と少女の交流……日常に潜む狂気をえぐりだす「家」をめぐる７つの短篇。国際ブッカー賞最終候補、ラテンアメリカ新世代の旗手の代表作。

湖

ビアンカ・ベロヴァー　阿部賢一訳

まだ、いけにえが足りないんだよ——湖から戻らなくなった祖父。そして少年ナミは母を探し旅立つ。気鋭のチェコ作家が描く現代の黙示録！　マグネジア・リテラ賞、EU文学賞受賞。